“여름방학 끝나기 직전에 거기서
모의고사를 봤었잖아요.”
그 결과가 나왔는데……
저, 점수가 안 좋아요!!
“아, 응. 잠깐, 어어…………
에엑?!”
친구에게 500엔을 빌려줬더니
빌린 돈의 담보로서 여동생을 보내왔는데,
난 대체 어떡하면 좋을까
4

"너 대체
뭐가 하고 싶은 거냐?"
"별 의미는 없다냥—."
"릿 짱이
고양이 흉내 내면서
다른 사람한테
애교 부리는 모습,
나 지금까지
본 적이 없어.
캐릭터랑
완전 다르잖아."

“무시하냥, 집사양—.”

“뭐, 뭐야
그 모습은……!”
“음, 고양이 늑대
소녀?”

친구에게 500엔을 빌려줬더니 빌린 돈의 담보로서 여동생을 보내왔는데, 난 대체 어떡하면 좋을까

4

토시조 지음
김희윤 옮김

AK NOVEL

제 1 화
친구에게 보고하는 이야기
4

제 2 화
친구의 여동생이 본가에 기습 방문한 이야기
27

제 3 화
친구의 여동생과 후배가 우리 집을 아지트로 삼은 이야기
54

제 4 화
친구의 여동생의 시험 결과 이야기
78

제 5 화
친구의 여동생과 문화제를 즐기는 이야기
118

CONTENTS

I lent 500yen to a friend,
his sister came to my house
instead of borrowing,
what should I do?4
일러스트 유키코

제6화
친구의 여동생과 단둘만의 시간을 보내는 이야기
153

제7화
'미래'에 대해 생각하는 이야기
171

번외편
Girl's Aftertalk
186

후기
202

제1화 친구에게 보고하는 이야기

"나 왔다, 모토무. 8월도 끝인데 왜 이렇게 덥냐."

미야마에 스바루는 만나자마자 징글징글하다는 듯한 목소리로 그렇게 말했다.

9월이 되어도 한동안은 늦더위가 계속될 거라고 생각하면서도 솔직히 조금 열기가 가신 듯한, 서늘한 기분이 들었다.

그 이유는 분명 올 여름 내내 같이 있던 그녀가 더는 없기 때문이겠지.

"아~ 살겠다~."

"…………."

그런 그녀와 도저히 같은 배에서 태어났다고 믿기지 않는 그녀의 오빠는 서점에 들어서자마자 에어컨 송풍구 아래에 자리를 잡더니 맹한 얼굴로 기분 좋은 듯이 기지개를 켰다.

"응? 모토무도 찬 바람 쐴래?"

"아니, 나는 괜찮아. 그보다 감기 걸린다."

"하하하, 이런 걸로 감기 걸릴 정도로 어설프게 단련하지 않았다고——푸에췻!!"

말 끝나기가 무섭게 화끈하게 재채기를 하는 스바루.

뭐랄까, 약속을 참 잘 지키는 남자다.

“뭐야, 그 눈빛은! 아니거든! 이건 그 뭐냐…… 먼지인지 뭔지가 우연히, 아주 우연히 코에 들어간 거라고나 할까?”

“변명하고는.”

“아, 됐고! 그나저나 웬일로 서점에서 보자고 했냐? 그 옆구리에 낀 서점 봉투는 또 뭐고?”

“이건…… 벼, 별거 아냐.”

“누가 들어도 별거인 거 같은 말투세요.”

어이없다는 눈빛으로 바라보며 그렇게 말하는 스바루.

내가 들어도 참 궁색한 회피라고 생각했지만, 그걸 굳이 말로 지적을 받으니 괜히 더 부끄러워진다.

“아무튼 장소 옮기자. 저기 카페 어때?”

“뭐야, 그렇게 알려주기 싫어? 이거 점점 더 궁금해지는데~.”

“아, 그런 거 아니라니까. 가게에 민폐 그만 끼치고 얼른 움직여.”

“어어어, 재촉하지 마!”

나는 스바루의 추궁에서 도망치듯 그의 팔을 대충 잡아끌며 서점 밖으로 나왔다.

내가 먼저 불러냈으면서도 이렇게 거칠게 대하는 건 그가 보인 말과 행동 때문일지도 모른다.

불러낸 이유가 이유라서 기다리는 동안 엄청 긴장했었는데…… 늘 그렇듯 스바루와 함께 있으면 페이스가 흐트러진다. 좋은 의미로든, 나쁜 의미로든.

◇◇◇

서점에서 나와 바로 근처의 카페로 들어갔다.

내가 음료를 시키는 동안 가게 구석에 자리를 잡은 스바루가 “아 좀, 제발, 정말 안 되냐? 뭔데!” 하고 난동을 부리는 바람에 하는 수 없이 종이 봉투를 내밀었다.

“오, 〈금붕어 기르기〉네…….”

“그러니까 별거 아니라고 했잖아.”

“아니, 나는 이거에 뭔가 중요한 의미가 있다고 본다.”

놀리듯 씨익 웃는 스바루.

그러고 나서는 책과 나를 번갈아 보면서 이따금씩 미간을 찌푸리며 무언가를 생각한다.

‘이러면 꼭 실없는 소리를 하지……’

“알았다!”

“뭘?”

“아카리랑 관련 있는 거지?”

“푸흡! 콜록, 콜록!”

완전히 방심했다!

잔을 입에 대고 마시려던 카페라떼가 놀란 것과 동시에 기도로 들어가 제대로 사레가 들렸다.

“아하하하! 그야말로 전형적인 반응이네!”

“시끄러워…….”

입을 막은 채 숨을 가다듬는다.

그나저나 스바루라면 분명 엉뚱한 소리나 할 줄 알았는데……나 그렇게 알기 쉽게 굴었나?

“뭐, 요즘 네가 좀 다른 행동을 한다 하면 당연히 아카리랑 관련

된 일이라는 생각이 들지 않겠냐."

"그건 뭐, 그렇지……."

"오늘도 아카리랑 관련된 이야기 하려고 불러낸 거지?"

씨익 웃으며 꿰뚫어보고 있다는 듯 말하는 스바루.

왠지 쓸데없이 울컥한다…… 맞혔다는 점에서.

"자자, 그럼 한번 들어 볼까! 어서 이 형님한테 말해 보거라!"

"너는 진짜 분위기 깨는 데 뭐 있는 놈이야……."

"하하하!"

호탕한 웃음소리와 함께 농담이라고 말하는 스바루.

"그래도 긴장이 좀 풀렸지? 아까 만났을 때 네 표정 엄청 무섭더라. 뭐 때문인지는 모르지만 조금은 말하기 편해졌을 거 아냐."

"스바루 너……."

180도 바뀐, 어딘가 모르게 어른스러운 분위기를 풍기는 스바루.

그렇게 느껴지는 건 그가 연애 쪽에서는 선배이기도 하고, 어쩌면 미래의──아니, 지금 시점에서는 좀 앞서 나간 생각이지만!

아무튼…… 그가 말한 대로 방금까지의 대화 덕분에 마음이 어느 정도 진정된 건 사실이다. 그 점은 솔직하게 고마워해야겠지.

"스바루, 나 너한테 해야 할 말이 있어."

"응, 해 봐."

"그게……."

긴장해서 목구멍이 꽉 막히는 기분이 든다.

하지만 아까보다 훨씬 나았다.

나는 깊게 숨을 내쉬고, 스바루를 똑바로 바라보며 말했다.

"나 아카리랑 사귀기로 했어."

맞을 각오는 되어 있다.

스바루가 아카리를 얼마나 아끼는지는 잘 알고 있다.

자타 공인 시스콤인 그의 태도는 고등학교 때 처음 만난 이후로 단 한 번도 흔들린 적이 없었다.

심지어 베프인 나에게조차 과도한 접촉은 삼가라고 여러 번 주의를 줄 정도였다.

'그런데 그런 스바루가 빚 500엔의 담보랍시고 아카리를 나에게 보냈지…….'

그 결과, 나는 아카리를 알게 되었고, 좋아하게 되었으며…… 사귀게 되었다.

그가 한 행동이 계기가 되었다 해도 결과적으로 나는 친구가 아끼는 동생에게 손을 댄 셈이다.

그러니 맞아도 할 말은 없다. 아니, 그 정도로 끝난다면 오히려 다행인 일이지.

"……그렇구나."

스바루는 한숨을 쉬면서 그렇게 한마디를 툭 내뱉었다.

그리고──

"이야~ 드디어 모토무에게도 여자 친구가 생겼구나! 아니다, 이제야 겨우라고 해야 하나?"

"어……?"

생각지도 못한 가벼운 반응에 나는 순간, 아니 몇 번이나 귀를 의심했다.

나 지금 제대로 말했지? 제대로 전한 거 맞지……?

"그래서, 누가 먼저 고백했냐? 설마 아카리가 먼저 했어? 음, 아니다. 그 녀석, 그래 봬도 꽤 소심하니…… 바다에 갔을 때를 생각하면 막판에 도망쳤을 거 같고…… 내 생각이 과한가?"

의외로 정확히 맞혔다. ……아니, 그게 아니라!

"스바루, 너……."

"아, 누구냐니까? 그 정도는 말해 줘도 되잖아!"

"……나."

"너냐? 이야, 사나이 맞네!"

스바루는 기쁜 듯 웃어 젖혔다.

대체 왜?

생각지도 못한 반응에 나는 그저 당황할 수밖에 없었다.

"그 표정은 뭔데? 절친한테 첫 여자 친구가 생겼는데 당연히 기뻐해야지! ……뭐, 내가 여친이 없었다면 질투에 눈이 멀어 한 대 날렸을지도 모르지만! 하하하!"

"상대가 네 동생이라도……?"

"그야 오빠로서 서운하기는 하겠지. 예전엔 나 없다고 엉엉 울던 녀석이 벌써 어른이 되었구나 하고."

그의 말대로 스바루의 눈동자에는 섭섭함이 비쳤지만 따스함도 함께 있어서…… 뭐랄까, 정말 '오빠'다웠다.

그러나 내 시선을 눈치채자마자 바로 평소 스바루의 모습으로 돌아왔다.

"뭐, 어디서 굴러먹다 왔는지 모를 놈보다 네가 훨씬 낫지. 넌 좋은 녀석이고 무엇보다 전설의 레전드급 슈퍼 울트라 찌질이니까!"

"찌, 찌질이라니."

"부정은 안 받는다. 혹시 자각이 없었다고 한다면…… 그건 진짜 중증이지. 뭐, 아카리한테 네가 먼저 고백했다는 점만큼은 재평가해 줄게."

엄지를 척 드는 스바루.

그렇지만 칭찬받은 느낌이 전혀 들지 않았다.

"아, 근데 아카리랑 사귄다고 우쭐대지는 말아라? 내가 두 눈 시퍼렇게 뜨고 있는 한 반드시 순수하게 교제할 것! 만일 상처를 주고 버린다거나 울린다거나 그런 쓰레기 같은 짓을 한다? 베프고 뭐고 없어. 아니, 베프니까 더더욱 내 손으로 처단해 주지! 전과자가 되는 한이 있어도 책임지게 하겠어!"

"그런 짓 안 해! 네 눈에는 내가 그런 짓 할 놈으로 보이냐?!"

"아니, 안 보이지. 하지만 그런 짓 하지 않을 거 같은 사람이 오히려 더 수상한 경우도 있잖아. 평소 얌전한 사람일수록 화나면 무섭다거나 그런 거."

"뭐, 확실히 그런 케이스도 있지만…… 난 아냐. 맹세코 절대 안 할게."

"참고로 아카리는 화나면 무서운 타입이야. 조심해."

"……명심하겠습니다."

묘하게 실감이 담긴 충고에 나는 그저 고개를 끄덕일 수밖에 없었다.

그런데 스바루는 여전히 화를 낼 마음이 없는 모양이었다.

오히려 어딘가 기분이 좋아 보인다 해야 하나? 신나 보인다고 해야 하나.

농담도 허세도 아니라 진심으로 아카리의 행복을 기뻐하는 거라면, 그의 말대로 연상인 내가 책임감 있는 행동을 보여야겠지. 충고가 좀 과장되긴 했지만.

"뭐, 모토무는 모토무니까. 찌질이라 별걱정은 안 하지만…… 아니지? 아, 생각하니 열받네?! 넌 걱정 좀 하게 해라! 우리 아카리가 그렇게 매력이 없냐? 없냐고!"

"왜 갑자기 급발진이야?!"

그리고 스바루는 들끓는 감정을 억누르려는 듯이 카페라떼를 벌컥벌컥 들이켰다.

감정 기복이 심한 것도 정도가 있지……!

'아니, 그래도 수능이 끝나기 전까지는 장거리 연애가 될 거고, 당장 어떻게 하자는 이야기는 아니잖아.'

아카리는 현재 수험생.

여름방학이 끝난 지금, 연초에 있을 수능 때까지 본격적으로 시험공부를 하지 않으면 안 되는 상황이다.

사귀게 된 건 정말 기쁘다. 하지만 그 기쁨에 들떠서 아카리의 발목을 잡는 일은 절대로 없어야 했다.

"좋았어! 그럼 연애 선배인 내가 신삥인 너에게 아주 유익~한 조언을 해 주지!"

"뭐?"

스바루는 방금까지와는 전혀 다른 밝은 어조로 그렇게 말을 늘어놓기 시작했다.

"잘 들어라. 지금 모토무 넌 말하자면 요리 경험이 전무한데 신메뉴 개발팀 리더가 된 거랑 같은 상황이야."

"비유가 은근슬쩍 어려운데……."

"나도 처음에도 이래저래 고생이 많았다…… 뭐라고 불러야 하나서부터 같이 걸을 때 갑자기 손을 잡아도 되는지, 아니면 잡아도 되냐고 허락을 구해야 하는지 그런 걸로 말이야!"

스바루가 실제로 경험한 것을 꽉꽉 눌러 담아 열변을 토한다.

손을 잡는 건 그렇다 치고…… 호칭이라. 그건 좀 신경이 쓰인다.

나는 아카리라 부르고, 아카리는 선배라고 부르는 게 완전히 굳어져 있긴 한데…… 거기서 달라지거나 하는 걸까.

"그럼 넌 지금 하세베랑 서로 뭐라고 부르는데?"

하세베 나나미. 스바루가 대학에 들어와서 사귄 여자 친구로, 내 친구이기도 하다.

서로 아는 사이인 만큼 너무 리얼한 이야기는 듣고 싶지 않은데——

"그야 당연히 허니, 달링으로 부르지."

"…………."

나는 스바루에게 진지한 답변을 기대한 게 잘못이었다는 것을 다시금 깨달았다.

"너야 그렇다 쳐도 하세베는 의외인데."

"하하하! 그건 네가 연애 초보라서 그래. 사람을 바꾸는 것, 그것이 사랑이라고. 나나미도 둘이 있을 땐 말이지……."

아, 또 시작됐다. 저놈의 염장질.

스바루의 경우 '사랑이 사람을 변화시킨다'기보다 '사랑은 눈을 멀게 한다'는 표현이 더 잘 어울렸다.

생각해 보니 스바루가 하세베랑 사귄 뒤로 무슨 일만 있으면 자랑질을 해 댄 거 같은데.

오늘은 얼마나 통화를 했다는 둥 같이 학식을 먹으러 갔다는 둥 강의 중에 눈이 마주쳤다는 둥…… 솔직히 '그래서 어쩌라고' 싶을 정도로 사소한 얘기가 대부분이라 지금까지는 질린 걸 넘어 귀찮다고까지 생각했지만——

'행복해 보이네…….'

새삼 하세베와의 추억을 말하는 스바루의 얼굴이 몹시도 행복해 보여서 찬물을 끼얹을 수가 없었다.

이 녀석이 내내 여자 친구를 원했다는 건 알고 있었고 응원…… 해 준다고 해도 뭔가 이루어지는 것은 아니지만, 들어 주는 것 정도라면 친구로서는 마땅히 해야 할 일일지도 모른다.

그렇게 생각할 수 있게 된 건, 나에게도 드디어 여자 친구가 생겼기 때문일까.

"뭐야. 모토무 너 왜 히죽거리는데?"

"응? 내가 그랬어?"

"미세하게, 아주 미세하게. 베프인 내가 아니라면 눈치 못 챌 정도로…… 앗! 너 설마! 아카리랑 이런저런 일 할 거 상상하면서 히죽거린 거 아냐?!"

"하겠냐!!"

스바루의 말도 안 되는 추측을 단칼에 부정했다.

조금 이해해 주려 했더니 바로 이 모양이네!

그렇지만 평소와 다를 바 없는 스바루의 모습에 내심 안도했다.

아카리를 사귀는 일로 고등학교 입학 때부터 쭉 함께한 친구를 잃는다면…… 그건 나에게 견딜 수 없는 고통이었을 테니까.

어쩌면 스바루 나름대로 나를 배려해 주고 있는 걸지도 모른다. 아니, 설령 그게 아니더라도 내가 구원을 받았다는 사실은 변하지 않았다.

이런 배려심 있는 모습은 아카리와 닮았다.

순수하게 존경할 수 있고, 함께 있으면 편안하다고 느낄 수 있는 장점이었다.

"뭐, 고민이 있으면 언제든 상담 신청해. 누가 뭐라 해도 난 너보다 먼저 여자 친구를 만든 선배이자 누구보다 아카리를 잘 아는 형님이니까."

"그래 무슨 일 있으면 부탁 좀 하——잠깐만. 야, 지금 뭔가 '형님'의 뉘앙스가 좀 위화감이 느껴진 거 같은데……"

"하하하! 기분 탓이겠지!"

스바루는 그렇게 웃어넘겼지만 어쩐지 그가 한 말에 다른 뜻이 있는 느낌이 들었다.

이럴 땐 대부분 쓸데없는 생각을 하거나 나를 놀리기 위해 무슨 꿍꿍이를 꾸미고 있었다.

그리고 그걸 추궁하면 무덤을 파는 패턴.

나는 어이가 없다는 듯 한숨을 쉬면서 떨떠름한 웃음을 지을 수밖에 없었다.

"보자, 보자…… 모토무, 그럼 이제 네 용건은 끝난 거야?"

"어? 으응."

"좋았어! 그럼 이번에 내 차례다!!"

"어?"

"잠깐만 기다려 봐."

그렇게 외친 스바루는 벌떡 자리에서 일어나더니, 카운터 쪽으로 빠르게 걸어갔다.

그리고 몇 분 후.

"나 왔다!"

"너 어딜 갔다……온……."

돌아온 스바루의 손에는 추가로 주문한 카페라떼가 들려 있었다.

그것도 양이 범상치 않은.

내가 샀던 미디엄 사이즈가 아니다. 그보다 큰 톨, 아니, 그보다 더 큰 거 같은데……?!

"이것도 있다~ 물론 내가 사는 거야!"

카페라떼가 너무 커서 쿠키와 스콘, 샌드위치도 있다는 사실을 뒤늦게 눈치챘다.

마치 꽤 오랜 시간 눌러앉아 있을 거라고 선언하는 듯한 어마무시한 양이었다.

"자, 모토무. 슬슬 이야기를 시작해 보실까?"

"뭐, 뭘……?"

"뭐긴! 당연히 네가 아카리의 어디를 보고 반했는지에 대해서지!"

"엑?!"

설마 이 카페라떼랑 음식들이 전부 그걸 위해……?!

"드디어 눈치챘군! 질문은 이미 심문으로 넘어갔다고!"

"뭐, 뭐라?!"

아무래도 스바루에게는 이제부터가 진짜 시작인 모양이다.

하기야 동생을 끔찍이 생각하는 모습을 생각하면 오히려 지금까지 너무 얌전했지.

내 차례일 땐 열심히 나를 몰아가고, 자기 차례가 됐을 땐 내 도주를 막겠다는 심산인가.

"아무리 그래도 이건 너무 많지 않아?!"

"후후후…… 아카리에 관한 이야기를 하는데 이 정도도 부족하지……! 지갑은 탈탈 털리고 치명상을 입었지만……."

"이런 데가 은근 비싸긴 하지."

영수증을 보고 싶으면서도 보고 싶지 않은 듯한…… 뭐, 본인이 쏜다고 했으니. 그냥 스바루의 체면을 세워 주자. 그래, 그게 좋겠어.

"아무튼 오늘은 못 도망간다. 아주 오래, 아주 많이, 아주 자세~히 아카리의 귀여운 점을 들려주고야 말겠어! 먼저…… 그래, 내가 초5일 때 여름 이야기부터 시작해 볼까?"

"아, 말하는 게 너였냐……."

처음에 했던 질문은 어디로 갔지? 아니, 굳이 대답하지 않아도 된다면 나는 괜찮지만.

"이야~ 내가 감기 걸렸을 때 아카리가 걱정하던 모습은 참. 정말이지, 이 녀석은 내가 없으면 안 되는구나 하고 새삼 깨달았다고나 할까?"

……뭐, 이것도 나쁘진 않네.

나는 스바루의 이야기에 귀를 기울이면서 큰 컵 가뜩 담겨 있는 카페라떼를 한 모금 들이켰다.

◇◇◇

그날 밤.

- 그럼 오빠한테 다 말한 거예요?

"응. 미리 아카리랑 상의 못 해서 미안. 그래도 그게 맞다는 생각이 들어서."

나는 아침 내내…… 아니, 결국 낮 12시가 넘어가고 나서도 계속된 스바루와의 대화를 아카리에게 보고하는 중이었다.

물론 스바루의 아카리 자랑 부분은 싹 빼고서.

- 아녜요. 선배 생각이 맞아요. 어차피 언젠가는 들킬 일이었고, 오빠는 보기보다 마음에 꽤 담아 두는 편이니까요.

"아하하……."

전화기 너머로 들려오는 그녀의 목소리에는 어쩐지 넌덜머리가 난다는 감정이 섞여 있었다.

아카리의 말은 틀린 말이 아니다. 역시 나보다 그녀가 훨씬 더 많이 그 녀석에게 휘둘리며 살아왔겠지.

"뭐 스바루 그 녀석이라면 아카리를 괴롭히지 않을 거라고 믿고 싶긴 한데……."

- 괜찮아요. 선배랑 만난 뒤로 오빠도 동생 바보 기질이 많이 줄어들었으니까.

"그래?"

내가 보기엔 아무리 좋게 말해도 시스콤 말기 환자 같지만…… 사랑을 받는 입장에서는 또 다르게 느껴질 수도 있지.

- ……말해 두는데요, 선배!

“응?”

- 지금은 제가 선배의 여자 친구예요!

아카리가 다소 다급한 목소리로 그렇게 주장했다.

- 그때 당시부터 ‘왜 내가 아닌 자기가 모토무 선배랑 친하게 지내는 거야!’ 하고 부글부글했으니까요!

“그, 그랬어?”

- ……말하다 보니 당분간 선배랑 만날 수 없다는 걸 다시 떠올리고 말았어요……. 으윽~!!

전화기 너머에서 퍽퍽 하고 무언가 치는 듯한 소리가 울렸다.

아니, 이건 침대 위에서 버둥거리는 소리려나.

한 달 동안 같이 있던 덕에 전화 너머로도 그녀가 뭘 하고 있는지 선명하게 그려져서 조금 귀엽다.

- 선배는 안 외로우세요……? 이런 귀엽디귀여운 여자 친구를…….

아, 쑥스러워한다.

- 그…… 음…….

“후후.”

너무나도 그녀답고 사랑스러운 모습에 나도 모르게 웃음이 터져 나왔다.

- 왜, 왜 웃어요!

그렇게 항의하는 아카리의 목소리를 듣고 있자니 꼭 눈앞에 있는 듯한 느낌이 들었다.

나 혼자 살려고 빌린 이 집은 더 이상 나 혼자만의 것이 아니다.

아카리와의 추억이 곳곳에 스며 있어 더는 떠날 수 없는 곳이 되어 버렸다.

'이런 생각을 진지하게 하고 있는 걸 보면 나도 외로운 거겠지.'

설마 내가 이렇게 될 줄은 꿈에도 몰랐다.

이래서야 스바루를 비웃을 수가 없겠네.

- 선배, 듣고 있어요?

"아, 미안. 뭐라 했더라?"

- 진짜아~! 집중 좀 해 주세요. 뭐, 멍하니 있는 선배도 좋긴 하지만요.

아카리는 잠깐 토라진 기색을 보이다가 이내 헤실헤실 웃었다.

어쩐지 자신의 연애사를 늘어놓을 때의 스바루 같다. 역시 남매.

- 뭐, 멍하니 있을 만하죠. 선배는 아직도 방학이잖아요.

"응. 대학은 9월 말까지 쭉 방학이야."

- 부러워 죽겠어요. 전 지금도 시험공부로 정신이 없…… 으아아아아아!!

"으앗?!"

갑작스러운 비명에 반사적으로 스마트폰을 귀에서 뗐다.

"무, 무슨 일이야, 아카리!"

- 죄송해요. 갑자기 너무 끔찍한 일이 떠올라서…….

"끔찍한 일?"

- 알고 싶으세요?

마치 지금부터 괴담이라도 꺼내 놓을 듯 조심스레 묻는 아카리.

분위기를 잡고 물으니 괜히 나까지 긴장되어 꿀꺽 침을 삼켰다.

"어어, 응."

- 진짜로요……?

"응, 진짜로 알고 싶어."

그렇지만 여기까지 와서 "괜찮아, 안 들을게." 하고 뺄 수도 없는 노릇이다. 아카리가 진심으로 힘들어하는 것이라면 더더욱.

- …………알았어요.

아카리는 한참동안 뜸을 들인 뒤 체념한 듯 털어놓았다.

- 사실은 그…… 여름방학 끝나기 직전에 거기서 모의고사를 봤었잖아요.

"응."

- 그 결과가 나왔는데…… 저, 점수가 안 좋아요!!

"아, 응. 잠깐, 어어………… 에엑?!"

순간 예상했던 것만큼 심각한 얘기는 아니라고 생각했지만, 다시 차분히 생각해 보니 엄청나게 심각한 얘기였다!

"그건 여름방학 동안의 성과를 보여 주는 중요한 모의고사잖아……? 그게 점수가 나쁘다는 건, 그러니까……."

여름방학동안 다른 수험생들과 격차가 벌어졌다는 말이잖아.

그리고 아카리에게서 공부할 시간을 뺏은 건 다름 아닌 나였고

——

"미, 미안해!"

온몸에서 피가 싹 가시는 느낌이 들었다.

나 때문에 아카리의 미래를 망친다면 평생 후회해도 모자를 거야!

- 서, 선배 탓이 아니에요! 제가 조금 방심했을 뿐이에요!

아카리는 다급히 그렇게 정정해 줬지만, 역시나 목소리에서는

기운이 없는 게 느껴졌다.

사실 나보다 본인이 더 충격이 클 거다. 늘 1등급만 받았다고 했으니까. 여름이 끝나 가는 시점에 성적이 떨어졌으니 멘탈이 깎여 나가는 게 당연하겠지.

- 그리고 선배와 함께 보낸 시간은 저에게 정말 의미 있는 시간이었어요! 만약 대학에 떨어지고 재수생이 됐는데 신이 내려와 시간을 되돌릴 수 있다고 해도 저는 또 선배 집에 갔을 거예요!

구, 굳세다!

조금 전까지 침울했던 마음을 단번에 날려 버리겠다는 듯이 아카리는 힘차게 외쳤다.

- 누가 제 엉덩이를 힘껏 걷어찬 느낌이에요! '수험생 주제에 정신 똑바로 안 차릴래!' 하고요. 저 지금 의욕이 활활 불타올라요!

그러고 나서는 이글이글 타오르는 눈빛으로 두 주먹을 불끈 쥐고 있는 모습이 연상되는 목소리로 선언했다.

아카리가 이렇게 의욕을 보이는데 내가 이러니저러니 말할 필요는 없겠지?

기특하기도 하고, 조금 섭섭하기도 하고 그러지만.

"그렇구나. 그래, 맞아. 아카리도 수험 공부에 집중해야겠지……."

- 네? 무슨 일 있어요?

"아, 아무것도 아──."

- 선배, 저는 말하게 해 놓고 선배는 숨기기예요?

"아니, 딱히 숨기는 건 아니고……."

- 아니긴요, 누가 봐도 숨기고 있는데. 아아, 정말 너무해요. 그

렇게까지 꽁꽁 감추다니. 저 선배의 여자 친구잖아요…… 선배의 여친…… 에헤헤…….

따지다 말고 갑자기 헤실헤실 웃다니?!

물론 기쁘기도 하지만 이렇게 쉽게 흔들리니 역시 내가 훼방을 놓고 있다는 생각을 안 할 수가 없다.

그러니 말하지 않는 게 좋을 거 같지만…… 하지만 그러면 답답해하겠지.

"알았어, 말할게. 무슨 대단한 일은 아니야."

- 그거 엄청난 일이 있을 때 꺼내는 서두잖아요.

"아니, 진짜 별일 아니라니까. 그냥 부모님이 9월에 집으로 내려오라고 하신 게 다야."

- 와, 집에 오시는구나…… 잠깐만, 집에 오신다고요?

기겁하듯 놀라는 아카리.

- 집이라 함은 다시 말해 그, 이번에는 선배가 이쪽 본가로 내려오신다는, 그런 의미시옵니까?!

"어째 말투가 이상해졌네…… 말씀하신 대로입니다."

- 그렇구나, 이쪽으로 오시는구나. 그렇다면……!

아카리의 목소리에서 들뜬 기색이 느껴진다.

아아, 지금 그녀가 어떤 표정을 짓고, 어떤 생각을 하고 있는지 손에 잡힐 듯 알 것 같았다.

……는 무슨! 티가 나도 너무 나잖아!

"……미리 말하지만 안 돼."

- 네에?!

나는 아카리가 말을 꺼내기 전에 선수를 쳐서 못을 박았다.

"아카리는 지금 수험생이야. 내가 할 말은 아닐지도 모르지만, 모의고사 결과가 안 좋았다면 그만큼 더 공부에 집중해야지."

- 으으…….

솔직히 말해서 나도 본가에 가면 아카리와 만날 기회가 있을지도 모른다고 기대하기는 했었다.

하지만 지금은 아카리의 인생에서 정말, 아주 중요한 시기다.

연상인 내가 똑바로 해야 한다.

"아카리를 방해하는 사람이 되고 싶지는 않아."

- 방해라뇨, 그렇지 않아요. ……하지만 무슨 말인지 이해했어요…….

"미안해. 하지만 힘든 건 지금뿐이야. 나도 응원할 테니 조금만 더 힘내."

- 감사합니다. 선배가 응원해 주는 것만으로도 의욕이 마구마구 솟아요!

아카리의 목소리에 비장함은 전혀 없어서 나는 안도하며 가슴을 쓸어내렸다.

아카리는 원체 똑똑한 아이다. 잠깐 방심했더라도 금세 마음을 다잡고 다시 좋은 성적을 낼 거다.

- 아, 그래도…… 그…… 기왕 선배가 응원해 준다 했으니 저 뭐 하나만 부탁해도 돼요?

"부탁?"

- 만약 이번 모의고사에서 다시 좋은 성적을 내면…… 사, 상을 받고 싶어요!!

힘껏 등을 밀린 듯, 아카리는 그런 조름을 해왔다.

아카리는 마치 힘껏 등을 떠밀린 듯 불쑥 그렇게 조르기 시작했다.

조금 놀라긴 했지만 어쩐지 조르는 것도 아카리다웠다.

"응, 알았어."

나는 망설임 없이 고개를 끄덕였다.

이걸로 아카리에게 의욕이 생긴다면 고민할 이유 따윈 없다.

- 정말요?! 상으로 뭘 달라 해야 하나~!

"내, 내가 할 수 있는 선에서 부탁해."

- 당연하죠. 선배를 난처하게 하지 않을게요!

자신만만해서 오히려 불안한데…… 아니다, 신경 쓰지 말자.

- 그리고, 그리고요! 만약 무사히 대학에 합격하면 어어어어엄청 많이! 응석 부릴 거예요!!

"아하하…… 그래, 합격하면 꼭 그래라."

- 와! 정말이죠?! 말 바꾸기 없기예요!

전화 너머에서 뛸 듯이 기뻐하는 아카리.

이렇게까지 기대하면 내가 제대로 응할 수 있을지 불안하기도 하지만…… 아카리에게 이 마음을 들킬 수는 없다.

나는 불안한 마음을 꾹 내리누르며 이번에는 들키기 않도록 정신을 바짝 차렸다.

- 벌써 의욕이 펑펑 솟고 있어요! 저는 이만 열공 하러 가 볼게요!

"그래. 몸은 챙겨 가면서 해."

- 네, 선배도요!

서로 마무리 인사를 하고 전화를 끊었다.

더는 그녀의 목소리가 들리지 않는 집에 다시 정적이 내려앉으니, 역시 조금 쓸쓸한 기분이 든다.

'아무튼 아카리가 마음껏 응석 부리게 해 주려면 나도 미리 준비할 수 있는 건 해 둬야겠네.'

그래 봤자 아르바이트를 열심히 해서 돈을 모으는 정도지만.

그리고 또…… 스바루처럼 나도 운전면허 좀 따 둬야 하나.

다시 아카리를 만났을 때 실망시키지 않으려면 나도 시간을 허투루 쓸 순 없다.

"……이런, 벌써 나갈 시간이네!"

내가 할 수 있는 일 중 하나, 아르바이트 시간이 다가오고 있었다.

나는 허둥지둥 가방을 들고서 평소보다 훨씬 가벼운 발걸음으로 방을 뛰쳐나갔다.

제2화 친구의 여동생이 본가에 기습 방문한 이야기

"휴우, 드디어 도착했다."

9월이 된 지 일주일이 지났다.

8월이 지났는데도 여름 더위는 전혀 수그러들지 않고 태양은 성가실 정도로 눈부시게 빛나고 있었다.

그런 가운데 나는 전철과 신칸센을 타고 긴 시간 동안 움직여 드디어 반년 만에 나고 자란 고향으로 돌아왔다.

"설마 집에 오는 것만으로도 이렇게 녹초가 될 수 있다니."

단순히 장시간 이동이나 숨 막히는 더위 때문일 수도 있겠지만, 아무래도 처음 겪어 보는 '귀성'이라는 감각에 익숙해지지 않아서 그런 것 같다.

지겹게 봐 온 동네인데 벌써부터 묘하게 오랜만이라는 느낌이 들었다.

"아, 맞다. 두 분 다 일하는 중이지……."

대학교에 들어가고 나서 처음으로 집에 오는 거지만 부모님은 맞벌이라 낮 동안에는 집에 안 계신다.

딱히 열렬한 환영을 바란 것도 아니고, 또 받았다면 받은 대로 쑥스러웠겠지만…… 뭐, 됐어.

"다녀왔습니다~."

가지고 있는 열쇠로 문을 연 나는 습관적으로 그렇게 인사를 했다.

물론 대답이 돌아올 리 없지──

“니야옹.”

“엇?! 아, 느와르!”

대답이 돌아왔다.

소리가 난 쪽을 보자 현관에 낯익은 검은 고양이가 얌전히 앉아 있었다.

이름은 느와르. 내가 초등학생 때 우리 집에 왔고 그 뒤로 누구보다 가까운 내 베프다.

품종은 봄베이. 성별은 암컷. 조금 까탈스럽고 기분파지만 애교도 많은 정말 귀여운 반려묘다.

“설마 마중 나온 거야?”

짐을 내려놓고 손을 뻗자 느와르가 내 품으로 사뿐히 뛰어들었다.

그리고 기분이 좋다는 듯 머리를 쓱쓱 문지른다.

‘귀, 귀여워……!!’

오랜만에 보는 느와르의 노골적인 애교 공격에 나도 모르게 심쿵하고 말았다.

물론 존재를 잊은 건 아니다.

스마트폰 배경화면도 느와르고, 매일 사진도 들여다보고 있으니까.

하지만 느와르는 꽤 변덕스럽달까, 고양이답게 자유분방하다 할까.

이 집에 살 때는 내가 먼저 다가가는 경우가 많았지, 이런 식으로 느와르가 다가오는 일은 거의 없었다. 그렇기 때문에 솔직히 예상하지 못했다.

"혹시 외로웠던 거야?"

"흐냐앙~"

긍정인지 부정인지 모를 맥 빠지는 목소리로 우는 느와르.

고양이 말은 모르지만 그냥 내가 기쁘니까 긍정이라고 해 두자.

"일단 엄마 아빠가 돌아오실 때까지 같이 늘어져 있을까?"

"냐옹."

아, 귀엽다. 진짜 미치게 귀엽다.

같이 살 때도 귀여웠지만 떨어져 있으니 더더욱 그렇게 느껴진다.

"후냐아……."

느와르는 내 품에 안긴 채 목덜미에 얼굴을 묻고 노곤하게 늘어졌다.

문득 혼자 살 때 본 '고양이 흡입'이라는 영상이 떠올랐다.

지금은 고양이가 나한테 비벼 대고 있으니까…… '인간 흡입'인가?

그러고 보니 느와르는 밤에 몰래 침대로 들어온 적도 있으니 느와르 입장에서는 좋아하는 행동일지도. 고양이에게 무슨 이득이 있는지는 모르지만 말이다.

"어디 한번 마음껏 흡입해 봐."

자극하지 않도록 등을 살살 만지면서 그렇게 속삭였다.

내가 이 집에 없는 내내 나를 못 즐겼으니 지금은 실컷 즐기게 두자.

나는 느와르를 안은 채 내 방으로 들어갔다.

따로 나가 사는데도 방은 내가 쓰던 그대로였고, 청소도 깔끔하게 되어 있었다.

이불도 푹신푹신하고…… 정말로 감사하고 감동이고 그러네.

바로 에어컨을 틀고 시원한 바람을 만끽하고 있는데——

"냐아."

"아, 느와르."

내 품에서 뛰어내린 느와르가 사뿐사뿐 걸어 침대로 올라갔다.

그러고 나서 하품을 쩍 하더니 꼬리를 살랑살랑 흔들었다.

"같이 낮잠이나 자자고?"

"후냐아—."

"하하, 맥 빠지는 대답이네."

거만하고 자기 멋대로인 녀석인데, 오랜만에 보니 꽤 온순하다.

그런데 진짜 졸려 보이는데…… 혹시 내가 돌아온다고 들떠서 밤에 잠을 설친 건가……?

'내가 너무 나 좋을 대로만 생각하나.'

그렇게 자조하면서 실내복으로 갈아입는다.

그리고 야옹야옹 울며 재촉하는 느와르의 머리를 쓰다듬으면서 침대 위로 쓰러졌다.

오랜만인 것 같으면서도 역시나 마음이 안정이 된다. 여독이 남아 있어서 당장이라도 잠들 수 있을 것 같았다.

"냐앙."

"우앗?! 느와르?!"

내가 눕자마자 느와르가 얼굴 위에 올라탔다!

"너 이 녀석, 나 재울 생각이 없는 거야?!"

"냐옹냐옹~♪"

"나 참, 즐겁다는 듯이 울기는."

기분 탓일까. 웃는 것처럼 보인다.

정말이지, 오랜만에 돌아온 주인을 놀려 먹기나 하고.

하지만 그렇다고 해서 느와르가 싫어할 만한 반격을 할 수는 없었다. 대치한 시점에서 내 패배는 확정이니까.

실제로 손바닥 위에서 놀아나고 있는 건 느와르가 아니라 나일 것이다. 그렇지만 불쾌한 마음은 전혀 들지 않았다.

그렇게 느와르를 괴롭히고, 느와르에게 괴롭힘당하는 와중에도 신기하게 졸음은 자꾸자꾸 밀려왔다.

눕고 나니 이동하느라 쌓인 피로가 한꺼번에 몰려온 걸까.

"미안하다, 느와르. 이러다 잘 거 같아……."

아직 만족하지 못한 듯한 느와르에게는 미안하지만 이제 막 돌아온 참이다.

오늘만 날은 아니니까…… 하고 수마에 몸을 맡기려는 그때.

——띵동.

"으응……?"

현관 초인종 소리가 들려왔다.

뭐지, 택배인가?

아무도 없으니 내가 나가야겠지만…….

'아, 몰라. 졸려…… 그냥 내일 또 오라 해야겠다…….'

졸음을 못 이긴 채 그렇게 잠의 세계로 빠져들어——

"냐옹."

——찰싹!

느와르가 얼굴을 후려쳤다!

"으악! 느, 느와르?!"

"냐아, 냐—."

"아얏, 아파! 알았어, 알았다고!"

제길, 재밌어하기는……!

하지만 누구 행동이 옳으냐고 묻는다면 당연히 느와르였다.

졸음도 달아나 버렸으니 일어나서 나가자.

"잠깐만 혼자 있어, 느와르."

"냐옹."

느와르를 내려놓고 방에서 나와 현관으로 향했다.

너무 편한 옷차림이긴 하지만…… 뭐, 괜찮겠지. 더 기다리게 하는 것도 미안하고.

"나갑니다."

그렇게 말하며 현관문을 열고 나서야 나는 인터폰도 안 받은 채 그냥 나온 것을 깨달았다.

'그러고 보니 전에도 이런 적이 있었던 거 같은데……'

태평하게 그런 생각을 한 것도 잠시——

"아, 안녕하세요……."

"……어?"

그곳에는 한 소녀가 서 있었다.

부드럽게 흩날리는 까만 머리카락, 긴 속눈썹 아래 또렷하게 빛나는 눈동자…… 그렇지만 그때와 달리 어딘가 모르게 어색한 표정을 짓고 있었다.

"아카리……?"

그녀의 이름은 미야마에 아카리.

내 절친의 여동생이자 내…… 여자 친구.

하교하는 길이었는지 한 달 전 원룸으로 찾아왔을 때랑 똑같이 세일러 교복을 입고 있었다.

"저기, 그…… 죄송해요."

"아니, 사과할 필요는 없어!"

전에 통화했을 때 내가 본가에 내려가도 보지는 말자고 했던 말을 지키지 않아서 사과하는 것 같다.

아니, 뭐, 솔직히 말해서 집에 내려온 날 바로 찾아와서 좀 많이 놀라기는 했다.

"근데 어떻게 우리 집에 온 거야? 여기 주소 알고 있었어?"

"아, 아뇨. 그게, 그러니까. 음……."

어색하게 눈을 굴리는 아카리.

이 분위기는…… 뭔가 있는 거 같네.

애초에 전화로 그렇게 이야기를 해 놓고 아카리가 나를 만나러 올 거라고는 생각지 않았다.

아카리에게 우리 집 주소를 알려 주고 더 나아가 이렇게 오도록 부추길 만한 인간이라면…….

'스바루? 유아 누나? ……아니지, 가장 유력한 용의자가 있지.'

슬쩍 내다보니 그늘에 몸만 숨긴 채 머리카락 끝은 삐죽 튀어나와 있는 멍청이가 있었다.

"역시 너였냐, 미노리."

"윽."

놀란 듯이 머리카락이 움찔 흔들리더니——미노리가 체념했다는 듯이 모습을 드러냈다.

"눈치가 너무 빠른 거 아냐?"

여 보란 듯이 한숨을 푹 쉬는 미노리.

미안해하는 기색은 전혀 없었다.

"미노리 너…… 아카리 좀 그만 괴롭혀."

"우와, 스위트한 남친 그 자체네. 그 분위기 그대로 재회의 허그나 키스를 했다면 좋았을 텐데."

"키, 키스?! 리, 릿 짱!!"

"뭐, 이 분위기라면 아카리가 못 버티겠네."

미노리는 고개를 절레절레 젓더니, 아카리와 내 사이를 비집고 멋대로 집으로 들어왔다.

"누가 보면 너희 집인 줄 알겠다?"

"응? ……아, 실례합니다."

"아니, 그런 뜻이 아니라."

집주인 허락도 없이 멋대로 들어온 걸 비꼰 거지만, 미노리에게 먹힐 리가 없었다.

"화장실 좀 쓸게."

"……그래라."

아아, 갑자기 집에 왔다는 게 확 체감되네.

제멋대로 구는 미노리의 모습에 울컥하지만, 이런 식으로 구는 게 처음은 아니었다. 처음은커녕 이제는 완전히 익숙했다.

"하아…… 아, 아카리도 들어와."

"드, 들어가도 돼요?"

"그럼, 집까지 와 놓고 안 들어오려고?"

수능을 생각하면 냉정하게 돌려보내는 게 맞겠지만, 이 더위에 돌아가라 하기도 그렇고, 미노리는 이미 들어와 버렸으니…… 이렇게 된 이상 그냥 흐름에 몸을 맡기는 수밖에.

"서, 선배네 집……!"

"그렇게 긴장하지 않아도 돼. 부모님은 안 계시니까."

"단둘이라고요……?!"

"아니, 미노리도 있잖아."

마치 꿈을 꾸는 듯 몽롱한 표정을 짓는 아카리를 향해 나는 냉정하게 현실을 짚어 줬다.

그런 대화를 주고받고 있자, 먼저 들어갔던 미노리가 돌아왔다.

"언제까지 거기에 그러고 서 있을 거야. 얼른 들어와."

"야, 너……."

"뭐, 어때. 모토무 군도 오랜만에 온 거잖아. 푹 쉬어."

"네가 지금 나 배려한답시고 그런 말 할 때냐?"

내 항의는 깡그리 무시한 채 미노리는 아카리의 손을 덥석 잡았다.

"리, 릿 짱~."

"참고로 모토무 군의 방은 2층이야."

"선배의 방?!"

"모토무 군이 태어나서 고등학교 졸업할 때까지 지낸 방."

"선배가 태어나고 자란 방……!"

"너무 쉽게 넘어가는 거 아냐?!"

미노리의 유혹에 눈빛이 초롱초롱해지는 아카리.

"이, 일단 거실로 가자."

이대로 내 방으로 데려가는 건 (주로 미노리 때문에) 위험할 것 같아서 일단 무난하게 거실로 안내하기로 했다.

'집에 보리차 정도는 있겠지? 부디 냉장고가 비어 있지 않기를……!'

막 돌아온 상황이라 집에 뭐가 있는지 알 수 없었지만, 그래도 나는 두 사람을 대접하기 위해 부랴부랴 주방으로 향했다.

◇◇◇

"자, 마셔."

감사하게도 냉장고에 보리차가 든 물병이 있었다. 나는 그것을 컵 두 개에 따라 테이블 위에 올려놓았다.

"감사합니다, 선배."

"응."

앞의 것은 아카리, 뒤에 것은 미노리.

반응 하나에도 보람이 다르다…… 나도 다른 사람에게 뭔가를 받으면 꼭 인사를 해야겠다.

"아, 맛있어……."

보리차를 한 모금 마신 아카리가 고개를 획 들며 눈을 동그랗게 뜬다.

당연히 그녀에게 준 보리차는 특별 제조한 보리차다. 한 달 동안 익힌, 그녀의 기호에 맞춰 설탕을 넣은 보리차였다.

"후후."

기쁘게 웃는 그녀를 보고 있자니 내 입꼬리도 슬그머니 올라갔다.

그런 우리의 모습을 보고 미노리는 꼴불견이라는 듯이 한숨을 쉬었다.

"아주 깨를 볶다 못해 태우네."

"뭐래. 그보다 미노리, 너 내가 오늘 집에 오는 거 알고 있었어?"

"응. 아주머니한테 들었어."

그럴 줄 알았다. 수다쟁이 엄마 같으니.

"그래서 놀러 가야지 했는데 아카리도 같이 가겠다고 해서."

"그렇지만……."

아카리는 살짝 토라진 듯이 입술을 삐죽였다.

아마도 미노리는 직접 아카리를 꼬드기지 않고 그녀 입에서 같이 가자는 말이 나오도록 유도했겠지.

그 광경이 쉽게 상상될 만큼 미노리는 머리가 잘 돌아가는 편이고, 아카리는 알기 쉬운 성격이니까.

"그런데 아카리뿐만 아니라 너도 지금은 수능 공부 할 때 아냐? 추천을 노린다고 해도 확실한 건 아니니 만에 하나 안 될 때를 대비해서라도 말이야."

"떨어지면 그때 가서 공부하지 뭐. 괜찮아."

"그건 괜찮은 게 아니잖아."

"뭐야, 모토무 군은 내가 추천에서 떨어질 거라고 생각하는구나."

"아니…… 만에 하나라고 했잖아. 네가 할 땐 하는 녀석이란 거 알아.”

“우와, 되게 기분 나쁘게 강조를 한다.”

“사실이잖아.”

“정확히 말하면 하고 싶을 때 각 잡고 하는 타입이지.”

한마디도 안 지네…….

도발하듯 입꼬리를 씩 올리는 미노리.

뭐, 하지만 이 녀석 말대로 내 걱정 따윈 쓸데없는 참견일 뿐이려나.

“으으…….”

“어, 어라? 아카리, 혹시 지금 나 째려보고 있는 거야……?”

“흥이에요.”

아카리가 고개를 홱 돌려 버렸다. 어째서인지 불만이 가득한 얼굴로.

“아카리, 질투하는 거야?”

“안 해요. 릿 짱과 선배가 친한 건 이미 알고 있었는걸요. 선배랑 릿 짱이 둘이서만 즐겁게 대화해도 조금도 신경 안 쓰여요.”

……아무래도 맞나 보네.

“여자 친구를 내버려두고 딴 여자에게 헤벌레하면 안 돼지, 모토무 군.”

“너한테 그런 말 듣고 싶지 않아. 그리고 헤벌레하지 않았거든?”

“흥!”

“앗…….”

아카리의 기분이 더 다운됐다……기보다 자기도 챙겨 달라는 기운이 팍팍 풍기는 듯한데……?

"아, 아카리는 어떻게, 공부는 잘돼 가?"

"그냥저냥이요."

완전히 뻗대기 모드로 들어갔다.

이럴 때 아카리는 꽤나 고집이 세다.

아무래도 원인 제공자인 나나 미노리만으로는 쉽게 기분을 풀어 주지 않겠지?

이건 장기전이 될 거 같은데…….

"니야옹."

소란스러웠던 걸까, 아니면 내가 좀처럼 돌아오지 않아서 지루했던 걸까.

느와르가 느른하게 울며 거실에 들어왔다.

"야옹이?!"

가장 먼저 반응한 건 아카리였다.

자리에서 벌떡 일어나더니, 마치 먹잇감을 발견한 육식동물처럼 달려 나가——

"……헉!"

끌어안기 직전에 멈춰 섰다.

"이, 이건…… 저기, 그……!"

끼기긱…… 하고 삐거덕거리는 소리가 들리는 것만 같은 동작으로 아카리가 천천히 이쪽을 돌아본다.

고양이를 안고 싶어. 그렇지만 방금까지 꿋꿋하게 토라진 모습을 보였는데 갑자기 태도를 바꾸기는 부끄러워.

그런 이율배반적인 갈등이 온몸으로 느껴졌다.

아니 뭐, 음…… 태세 전환 쪽은 그렇게까지 신경 쓸 필요가 있나 싶긴 한데.

"으, 으으……!"

아카리는 보는 내가 다 조마조마할 정도로 갈등 중이었다.

느와르는 그녀가 그러든지 말든지 스윽 지나쳐 내 쪽으로 다가왔다.

"와, 오랜만이다. 노아."

그런데 내 몸에 닿기 직전, 옆에 있던 미노리가 휙 낚아채 갔다.

"캬악!"

"이 녀석, 버둥대지 마. 오랜만에 만나서 기쁜 거야?"

짜증난다는 듯이 그르렁대는 느와르를 미노리가 익숙하게 안아 올린다.

사이가 나쁜 건 아니고…… 그냥 늘 하던 아웅다웅이다.

"야, 야옹아……."

아카리는 부러운 듯이 미노리를 바라봤다.

아무래도 아까까지 고집 부리던 모습은 완전히 사라진 듯하다. 잘했다, 느와르.

"리, 릿 짱. 나도 야옹이를――."

"앗, 노아."

느와르는 능숙하게 몸을 비틀어 미노리의 품에서 빠져나왔다.

"아아……."

또다시 기회를 놓치고 시무룩해진 아카리.

자유로워진 느와르는 이번에야말로 내 앞으로 와 앞발로 슥슥 내 다리를 긁었다.

'나랑 놀자'라는 뜻 같은데…….

"우으……."

아카리는 포기하지 않고 느와르만 줄곧 바라보고 있었다.

조금 짠하지만 느와르는 그런 쪽으로는 전혀 자비가 없는 아이니 원.

'아, 그래!'

나는 느와르를 안아 들었다.

미노리가 안을 때와 달리 곧바로 편안히 몸을 맡기는 느와르.

좋아, 지금이라면 괜찮을 거야.

"아카리."

"네에?"

"좀 까칠한 녀석이지만 쓰다듬는 것 정도는 괜찮아."

"그, 그래도 돼요?!"

"응. 대신 살살 만져야 해?"

"네, 네……!"

긴장한 상태로 고개를 끄덕인 아카리는 조심스레 느와르 쪽으로 손을 뻗었다.

보고 있는 나까지 긴장됐지만, 그 마음이 전해지면 느와르도 불안해할 테니 필사적으로 평정심을 유지했다.

"만질게요……."

아카리는 먼저 손끝으로 가볍게 톡 느와르의 머리를 건드렸다.

느와르는…… 다행히 별생각 없어 보이네.

"부, 부드러워요."

당연한 감상을 늘어놓으며 느와르의 머리를 쿡쿡 찌르는 아카리.

이번에도 느와르가 아무런 반응도 없자, 긴장이 풀렸는지 손바닥으로 쓰다듬기 시작했다.

"따뜻해……!"

"냐아~."

"꺅! 가, 간지러워!"

그저 하품을 했을 뿐인데 몸을 움찔 떨며 화들짝 놀라는 아카리.

"혹시 고양이 처음 만져 봐?"

"처, 처음은 아녜요! 다만 동물을 키우는 친구가 없어서…… 그래서 경험이 별로 없을 뿐……."

아카리는 불안한 듯이 그렇게 고백했다.

어째서인지 살짝 겁먹은 것같이 느껴지는데…… 생초짜에게 못 맡기겠다고 그만하라 할까 봐 걱정하는 걸까, 아니면 애당초 반려동물이라는 존재에 특별한 의미를 가지고 있는 걸까.

'그러고 보니 불꽃놀이 축제에서 받은 금붕어도 굉장히 신경 썼지.'

아카리는 전화상으로도 꽤 자주 금붕어에 대해 물었다.

'헤엄은 잘 치나요?'라거나 '저도 먹이를 주고 싶어요.'라거나.

생각해 보면 처음 우리 집에 느와르가 왔을 때, 나도 나보다 훨씬 자그마한 존재를 보며 혹시라도 다치게 하지 않을까 전전긍긍했었다.

어쩐지 그때가 그리워지면서도, 그와 동시에 느와르를 소중히 생각해 주는 아카리의 마음이 기뻤다.

"괜찮아."

"선배……."

"느와르는 싫으면 싫다고 확실하게 표현하는 애야. 아카리도 너무 그렇게 눈치 보지 않아도 돼."

나는 아카리가 조금이라도 안심할 수 있도록 부드럽게 속삭였다.

느와르는 지금 살짝 졸려 보였다.

평소 졸릴 때에는 기분이 안 좋아지는 애지만, 이렇게 품 안에서 꾸벅꾸벅 졸고 있을 땐 거짓말처럼 경계심이 사라진다.

아카리는 느와르를 뚫어져라 바라보다가 다시 한번 손을 뻗었다.

그리고 천천히, 깨지기 쉬운 물건을 만지듯 손바닥으로 살살 느와르의 작은 머리를 쓰다듬었다.

"갸르릉……."

"기분이 좋아 보이는데…… 맞아요?"

"응. 완전히 퍼졌네."

"다행이다…… 후후."

아카리도 안심했는지 작게 웃으며 느와르의 머리를 쓰다듬었다.

고양이가 가진 매력에 완전히 푹 빠진 듯했다.

고양이든 강아지든 동물은 만지고 있는 것만으로 괜히 마음이 몽글몽글해지지.

부들부들하고 복슬복슬하고…… 내가 독립할 때에도 느와르를 데리고 갈 수 없는지 몇 번이나 고민했었다.

뭐, 혼자 사는 것도 익숙지 않은데 동물까지 키우는 건 느와르에게도 못할 짓이니.

지금은 금붕어라는 고양이랑 상성이 안 좋은 세입자가 생겨서 완전히 불가능해졌다.

참고로 금붕어는 본가에 오기 전에 유아 누나에게 맡겨 두었다.

아마도 내가 돌볼 때보다 훨씬 더 쾌적하게 지내고 있을 것이다.

유아 누나는 굉장히 환하게 웃으며 '세 개 빚 졌네♪'라고 말했는데…… 아직도 왜 세 개인지는 이해가 가지 않는다.

'……근데 가만? 묘하게 조용한데?'

순간 이 자리에 한 명이 더 있다는 사실이 떠올랐다.

그것도 조용히 있는 것과는 거리가 먼 자유인이——

"…………."

"너 뭐 하냐?"

그 인물, 사쿠라이 미노리는 이쪽으로 스마트폰 뒷면을 들이댄 채 액정을 뚫어져라 바라보고 있었다.

"……아, 나는 신경 쓰지 말고 계속해."

"아니, 신경 쓰이는데."

"릿 짱, 너 혹시…… 촬영 중이니?"

"들켜 버렸네. 어쩔 수 없지."

미노리는 한숨을 푹 쉬더니 스마트폰 화면을 톡 쳤다.

띠링 하는 소리가 난 걸 보니 녹화를 멈춘 모양이다.

"두 사람 분위기가 너무 좋기에 남겨 놓자 싶어서."

"분위기가 좋았다고?"

"봐, 마치 갓난아이를 사랑스럽게 보는 부부 같잖아."

"뭐어?!"

그렇게 말하며 미노리가 보여 준 스마트폰 화면 속에는 느와르를 아기로 보면 미노리가 말한 대로도 보이는 우리가 비치고 있었다.

"무무무, 무슨 소리를 하는 거야, 릿 짱!"

"두 사람이 결혼해서 축사를 맡게 되면 '이 영상은 언젠가 아이가 생기길 바라는 마음을 담아 반려묘로 아이를 달래는 연습을 하는 두 사람입니다.' 하고 내레이션을 넣어 틀 거야."

"순 거짓말이잖아!"

즉시 반박하는 내 목소리에 깜짝 놀란 느와르가 품에서 뛰어내렸다.

"사실이 어떻든 간에 결혼식장에서는 모두 다 내 말을 믿을걸?"

"아니, 애당초 결혼식이니 뭐니 하는 이야기부터 너무 비약적이라고."

"그, 그래 맞아, 릿 짱! 그런 건 아직 너무 이르다고나 할까, 그……."

"뭐야, 아카리까지 그런 말 하기야? 그래, 그럼. 어쩔 수 없지. 나중에 이 영상, 아카리한테도 보내 주려고 했는데――."

"그건 필요합니다! 꼭 보내 주세요!!"

곧바로 고개를 푹 수그리는 아카리.

다 떠나서 영상만큼은 받고 싶다는 강한 의지가 느껴진다……!

그리고 그런 필사적인 아카리의 모습에 느와르는 주춤주춤 내 뒤로 숨었다.

'아, 설마 지금 그 모습으로 불편한 사람이라고 결론을 내린 건

가……?'

그런 생각이 스쳤지만 아카리가 알면 낙담할 게 뻔해서 이건 가슴 속 깊이 묻어 두기로 했다.

◇◇◇

"뭐, 어쨌든 앞으로 모토무 군네 집에 자주 놀러 올 거야."

한바탕 소동을 피우고 간신히 분위기가 진정되자, 미노리는 진지한 얼굴로 그렇게 말했다.

듣자 하니 바로 어제 추천 입학시험을 치렀고, 결과가 나올 때까지 당분간 한가하다는 모양이었다.

다시 말해, 미노리가 말한 '자주'는 '거의 매일'이라는 뜻이었다.

그리고 그렇게 되면…… 옆에 있는 사람이 가만히 있을 리가 없었다.

"릿 짱이 온다면 저도 올 거예요!!"

아카리가 테이블을 탕 내리치며 될 대로 되라는 식으로 외쳤다.

"하, 하지만 아카리. 공부는?"

"당연히 선배네 집에서 하죠!"

"그러다 성적이 떨어지면 어쩌려고……."

"윽……! 하, 하지만 릿 짱과 선배가 단둘이 노는 걸 가만히 두고 볼 수는 없다구요!"

아카리는 삐졌다는 듯이 볼을 잔뜩 부풀렸다.

"제가 선배 여자 친구예요. 여름방학이 끝나는데도 이렇게 곁에 있을 수 있게 되었는데…… 그런데 나중에 보자니, 그건 너무하잖아요!"

그녀는 슬그머니 눈시울을 붉히며 그렇게 강하게 주장했다.

이렇게 열변을 토할 정도로 생각해 주니 남자 친구로서 더할 나위 없이 기쁘지만…… 이걸 순순히 기뻐해도 될까?

8월에 이어 9월까지 아카리의 시간을 빼앗았다가 혹시라도 돌이킬 수 없는 지경에 이르게 되면――

"그럼, 이렇게 하자."

"릿 짱?"

"모토무 군이 돌아오기 전에 내가 준비한 세이오 학원 기출 문제를 아카리가 푸는 거야. 그래서 그 결과를 이번 여름 성과로 하면 어때?"

"그렇구나……모의고사보다 기출 문제를 풀어서 점수가 잘 나오면 합격에 더 가까운 거네?!"

"물론 사전에 기출 문제랑 해답을 찾아보는 건 금지야. 아카리라면 그런 비겁한 행동은 하지 않겠지만."

"절대로 그런 짓은 안 해!"

음, 나만 빼고 둘이서 뭔가를 진행하는 것 같은데…… 즉, 아카리의 성적이 떨어지지 않았는지, 혹은 회복했는지를 시험으로 확인한다는 거잖아?

좋은 생각인 것 같았다. 확실한 목표가 있으면 아카리도 더 열심히 할 테고, 좋은 결과가 나오면 나도 안심일 테니.

"단, 목표에 도달하지 못하면 벌칙 게임이야."

"뭐어?!"

"당연하지 않아? 고3 수험은 딱 한 번뿐이야. 재수하기 싫으면

죽을힘을 다해 해야지."

추천 입학시험 결과도 안 나왔는데 벌써부터 해이해진 네가 할 말은 아니지.

"버, 벌칙 게임이라니, 대체 뭘……?"

"글쎄……."

미노리는 턱에 손가락을 대고 잠시 고민하더니――'나 아주 나쁜 계략을 하고 있어요'라고 말하는 듯한 의기양양한 표정을 지었다.

"이런 건 보통 그때까지 안 알려주는 편이 무섭지 않아?"

"화, 확실히 그게 더 무섭지……!"

"그럼 그렇게 하지. 뭐, 아카리라면 분명 괜찮을 거야."

"왠지 마음이 안 담긴 거 같은데?!"

다시 말해 닥치기 전까지 비밀로 하겠다는 소리다.

아주 짓궂은 아이디어를 떠올렸거나 반대로 아무런 생각도 하지 않았거나. 둘 중 어느 쪽일까.

"아, 당연한 말이지만 합격했을 때의 상도 생각해 놨어."

"상?!"

미노리가 덧붙이는 말에 아카리는 벌칙 게임을 알았을 때보다 훨씬 더 큰 반응을 보였다.

채찍보다 당근. 욕망에 약한 아카리 입장에서 본다면 확실히 벌보다 상이 더 동기부여가 될지도 모른다.

"아카리, 벌칙 게임과 상 중에 하나만 내용을 알 수 있다면 어느 쪽을 알고 싶어?"

"상!"

"우와, 1초도 고민 안 하네."

정말로 아카리답다.

그렇지만 이 정도로 기대하면 상의 기준도 상당히 높아지고 만다.

미노리 녀석, 대체 뭘 제시할 생각이지…….

"상은 모토무 군이 뭔가 해 줄 거야."

"나?!"

"와아아!!"

밑도 끝도 없이 냅다 책임을 떠넘기는 행태에 놀라 소리치는 나. 그리고 기쁨의 환호성을 내지르는 아카리.

"뭔가가 뭔데?"

"뭔가는 뭔가야."

묘하게 국어책을 읽는 듯한 말투가 신경이 쓰이지만, 물러날 생각은 없어 보인다.

상…… 상이라…….

솔직히 뭘 해야 기대에 부응할 수 있을지 감이 안 잡히지만——

"알았어. 한번 생각해 볼게."

"정말요?!"

"그 대신 아카리도 열심히 공부해야 해."

"네! 그럼 저…… 선배가 있는 동안에는 이렇게 집에 놀러 와도 되는 거죠?"

"응. 내가 있을 땐 와도 돼."

나도 그동안 못 만난 친구들도 만나고 그래야 하니까 매일은 힘들겠지만.

"그럼 또 오고 싶을 때 연락할게요. 후후 선배네 집에 드나들다니, 왠지 신기한 기분이 들어요."

"그러게."

8월 내내 한 공간에 살았던 게 훨씬 대단한 상황이었지만…… 집에 초대하는 건 또 다른 의미로 긴장이 됐다.

"나 참…… 또 둘만의 세계에 빠졌네."

"앗…… 미안해, 릿 짱."

"참고로 나도 오빠가 내 친구한테 실수 안 하게 감시하러 올 거니까 그렇게 알아."

'안 해, 안 한다고.' 하고 받아칠 뻔했지만 이 녀석에게는 이유 따위 중요하지 않을 거 같아서 그냥 무시했다.

"그러고 보니 슬슬 아줌마랑 아저씨 오실 때 되지 않았어?"

"아, 벌써 시간이 그렇게 됐나?"

"네?! 선배 부모님이요?!"

아카리가 깡충 뛰어오르듯 자리에서 일어나더니, 허겁지겁 손으로 머리를 빗어서 정리하기 시작했다.

그리고――

"아, 안 되겠어요!!"

"응?"

"갑자기 부모님을 만나다니, 못해요! 마음의 준비라든가, 그런 게 하나도 안 되어 있다고요!"

"그렇게 부담스러워할 만한 상대는 아닌데……."

"부담스러운 상대 맞죠!"

어쩐지 아카리의 얼굴이 창백해 보인다.

"생각해 보세요. 부모님 입장에서 보면 저는 혼자 사는 아들 집에 다짜고짜 찾아가서 모르는 사이에 아들을 꿰찬 황당한 여자잖아요!"

"그건…… 말이 좀 너무 심한 거 같은데."

"하지만 사실이긴 하지."

미노리, 너도 참 가차 없구나.

"부모님께 인사를 드릴 거면 최소한 제가 어디 내놔도 부끄럽지 않은 존재가 된 후에…… 그래요, 예를 들어 대학에 들어가서 학생 신분으로 창업을 하고, 1년 만에 상장해서 세계적으로 주목받는 벤처 기업 100선에 들고, 더 나아가 나라에서도 표창장을 받고 사장 연봉으로 1억 엔을 받을 수 있는 정도는 되어야……."

"목표가 너무 크잖아?!"

그 정도로 거물이 되면 정말 나랑 사귀어도 괜찮은 건가 싶어서 오히려 걱정이 될 거 같은데?!

"으우……."

"뭐, 뭐 일단 대학에 합격한 다음으로 미뤄도 되지 않을까?"

"그럴, 까요……?"

솔직히 나도 정답 같은 건 모르지만, 지금 당장 부모님과 아카리를 만나게 하면 위험하다는 것 정도는 이해할 수 있었다. 주로 멘탈 부분에서

그냥 있어도 눈앞에 해야 할 일이 산더미처럼 쌓여 있는데, 여기에 더 얹어 버리면 멘탈이 무너질 게 뻔하다.

굳이 지금 시점에서 부모님께 인사를 해야 할 것도 아니잖아.

……그렇지?

“아무튼 오늘은 이만 일어나 볼게요…….”

“응, 알았어.”

“그럼 나는――.”

“릿 짱도 당연히 같이 가야죠!”

미노리가 어떻게 할지 말하기도 전에 아카리가 그녀의 손목을 덥석 잡았다.

“잠깐만, 아카리.”

“그럼 가 볼게요, 선배! 잘 놀다 가요! 또 올게요!”

아카리는 가방을 들더니 미노리를 끌고 후다닥 사라졌다.

혹시라도 부모님과 마주칠까 봐 서둘러 피하는 거 같은데…… 정말이지, 생각나면 바로 행동으로 옮기는 성격답다.

“냐아~.”

“아, 느와르. 미안, 시끄러웠지.”

‘알긴 알아?’라는 표정으로 얼굴을 비비는 느와르.

느와르 입장에서는 정신 사나운 시간이었을지 모르지만, 나에게는 기분 좋은 해프닝이었다.

이러니저러니 해도 나 역시 아카리와 다시 함께할 수 있다는 게 기뻐서…… 절로 입꼬리가 올라갔다.

‘그저 와야 하니까 집에 온 거지만…… 생각보다 훨씬 즐거울 거 같네.’

그런 예감에 휩싸인 채 나는 일단 불만스럽게 발을 툭툭 치는 공주님의 기분을 달래 주기 위해 느와르를 슬며시 안아 올렸다.

제3화 친구의 여동생과 후배가 우리 집을 아지트로 삼은 이야기

아카리와 미노리는 꼭 평일 오후에 찾아왔다.

여름방학이 끝나고 3학년인 두 사람은 벌써 수험 막바지 시즌을 맞이하고 있었다.

두 사람이 다니는 메이리츠 고등학교에서는 9월 말이 되면 문화제가 열리는데, 이 시기에는 문화제 준비를 위해 오후 수업은 진행하지 않는다.

다만 수능을 앞둔 3학년은 문화제에 꼭 참가할 의무가 없기 때문에, 교실이나 집에서 자습을 하거나 입시 전문 학원을 다니는 등 각자의 방식으로 수험공부에 힘썼다.

나도 작년에는 그렇게 보냈었지. 아아, 이야기를 듣는 것만으로도 두 번 다시 반복하고 싶지 않은 공부 지옥의 나날이 선명하게 떠오른다.

"뭐, 나랑은 상관없는 얘기지만 말이야."

그렇게 말한 사람은 현재 고3이고 수험 시즌 한복판에 있는 사쿠라이 미노리.

우리 집 소파에 아무렇게나 드러누운 채 아이스캔디를 느긋하게 핥고 있었다.

"스바루도 같은 말을 하면서 불난 집에 부채질을 했지."

성격은 다른데 이런 식으로 사람을 욱하게 하는 재주는 똑 닮았다.

물론 지금 미노리가 부채질을 하는 대상은 내가 아니라——

"으으으……!"

테이블에 펼쳐 놓은 문제집과 씨름하는 아카리다.

학교 끝나고 바로 이곳으로 오는 모양인지, 두 사람은 교복 차림 그대로 나만 있는 이 집을 아지트로 쓰고 있었다.

아카리는 다가올 시험에 대비해 열심히 공부하기 위해.

그리고 미노리는…… 뭐, 빈둥거리기 위해서이려나.

"옳지, 노아. 둥개둥개."

"니야옹……."

아이스바를 다 먹어치운 미노리가 이번에는 느와르를 붙잡고 장난을 치기 시작했다.

처음 만났을 땐 까칠한 모습을 보였던 느와르지만, 지금은 완전히 체념한 듯 얌전히 당해 주고 있다.

그야말로 빌려 온 고양이…… 여기가 자기 홈그라운드인데 말이지.

"으……."

그런 한 사람과 한 마리의 모습을 아카리는 곁눈으로 힐끗힐끗 훔쳐보고 있었다.

——나도 노아랑 친해지고 싶어!

그런 마음의 소리가 그대로 들려왔다.

솔직히 말해서 느와르는 아카리를 기피하고 있다.

뭐라고 할까, 그녀만의 특징이랄까…… 감정 표현이 풍부한 것을 보고 느와르는 '무섭다'고 느껴 버린 모양이다.

당연히 오해이고 웬만하면 빨리 친해졌으면 좋겠지만, 의외로 시간이 걸릴 거 같은데…….

"냐앙!"

"아, 도망쳤다."

아카리와 마주 앉아 스마트폰을 만지작거리면서 그런 생각을 하고 있는데, 갑자기 느와르가 무릎 위로 뛰어 올라왔다.

"노아~, 도망치지 마~."

"잠깐, 야, 미노리!"

그런 느와르를 쫓아온 미노리가 그 기세 그대로 나까지 덮쳐 버렸다!

느와르는 그 공격을 피해 반대편으로 도망가려 했지만, 미노리가 내 무릎에 배를 올려놓듯 다이빙해 느와르를 붙잡았다.

"나를 따돌리려 하다니, 백 년은 일러."

"후냐앙……."

체념한 듯 한숨을 내쉬는 느와르를 미노리는 다시 괴롭히기 시작했다…… 내 무릎 위에 배를 깐 채로.

"비켜, 미노리."

"아, 왜~ 그냥 있어도 괜찮잖아."

"니야옹."

"거 봐, 노아도 그렇게 생각한대."

느와르 이 녀석, 자기만 장난감 취급 받기 싫다고 나까지 끌어들이려 하네……?!

'……이럴 땐 무시가 답이다. 괜히 반응하면 더 신나서 날뛸 거

야.'

그렇게 속으로 참을 인(忍)을 세 번 되뇌며 나는 다시 스마트폰으로 시선을 내렸다.

"뭐야, 무시하는 거야? 으쌰…… 냐옹, 냐옹."

미노리는 내 다리를 등받이 삼아 자세를 고쳐 앉더니, 느와르를 들어 올려 내 쪽으로 내밀었다.

"무시하냥, 집사양—."

"너 대체 뭐가 하고 싶은 거냐?"

"별 의미는 없다냥—."

아, 짜증나네, 진짜!

하지만 상대는 느와르라 괜히 저항하다 다치게 할 수도 없고. 그냥 참는 수밖에——

"…………."

헉?!

아카리가 눈을 게슴츠레하게 뜨고서 곁눈이 아니라 아예 정면에서 똑바로 바라보고 있다!

"미, 미안해! 시끄러웠지?"

"시끄러워서 그런 게 아녜요."

일부러 감정을 억누르는 듯한 담담한 목소리에 등골이 서늘해졌다.

"음, 공부 계속해야지?"

"이런 상황에서 공부가 되겠어요?!"

울분에 찬 외침에 느와르가 흠칫 몸을 떨었다.

나도 똑같은 심정이었고.

"그거 집중 못 하고 있다는 증거 아냐?"

오직 미노리만이 태연하다 못해 마치 도발하듯 말을 받아쳤다.

"지, 집중하고 있어! 그런데 릿 짱, 선배하고 너무 커플끼리 놀듯 그렇게 하지 마!"

"……? 그런 적 없는데."

"하고 있거든?! 누가 봐도 그러고 있거든!!"

고개를 갸웃하는 미노리는 진심으로 아카리의 항의를 이해 못한 눈치였다.

그리고…… 솔직히 나도 이해를 못 했다.

미노리랑 커플처럼 놀지도 않았고, 짜증나는 대화 흐름도 예전과 다르지 않은데.

"릿 짱이 고양이 흉내 내면서 다른 사람한테 애교 부리는 모습, 나 지금까지 본 적이 없어. 캐릭터랑 완전 다르잖아."

"으윽……."

미노리가 움찔했다?!

그런데…… 그렇게 신기하나?

미노리가 지난달 원룸에 왔을 땐 이런 모습을 보이지 않았지만, 중학생 때나 느와르와 놀 때는 가끔씩 이런 모습을 보여 줬다.

그만큼 느와르와 있을 땐 마음이 편안하다는 뜻일지도.

"그렇구나…… 릿 짱은 선배 앞에서 그런 얼굴을 하는구나……?"

"잠깐만, 아카리. 내 얘기 좀 들어 봐."

"참고로 릿 짱이 야옹야옹 하고 우는 영상이 여기 있는데."

"찍었어?!"

"이걸 실수로 반 단톡방에 올리면…… 후후, 릿 짱은 지금보다 더 인기가 많아지겠다. 그치?"

아카리는 그렇게 말하며 승리를 확신한 듯한 미소를 지어 보였다.

화났다기보다 오히려 즐거워 보인다.

"그, 그게 아니라니까. 이건 그거야, 중학생 때 자주 모토무 군네 집에——아니, 노아랑 놀아서, 그래서 그때 버릇이 오랜만에 튀어나온 거야. 딱히 이상한 건 아니야. 완전 평범하고. 누구나 다 가지고 있는 거고. 부끄럽거나 신기한 일도 아니고."

"갑자기 말 빨라진 거 봐라……."

"그래? 그럼 릿 짱. 이 영상 다른 사람들한테 보여 줘도 괜찮다는 거네? 왜냐면 평범한 거잖아. 누구나 다 가지고 있는 거고. 다들 그렇게 생각해 줄 거야, 그치?"

미노리의 다급한 변명(?)에도 전혀 흔들리지 않고, 아카리는 웃는 얼굴로 계속해서 몰아붙였다.

그런 아카리를 보던 미노리는 고개를 돌렸다. 그녀의 얼굴에 서서히 식은땀이 맺히더니——

"잘못했습니다. 용서해 주세요."

자존심을 인질로 잡히고서야 빠르게 무릎을 꿇었다.

미노리에게 붙잡힌 채 마치 진상품처럼 바쳐진 느와르가 불편하다는 듯이 '흐냐앙' 하고 울었다.

◇◇◇

그렇게 한바탕 소동이 지나고, 저녁 무렵——

"후~ 오늘 치 할당량 달성!"

아카리가 만족스러운 듯이 그렇게 외쳤다.

"고생했어. 자, 여기 보리차."

"감사합니다, 선배. 어? 릿 짱은요?"

"저기."

나는 소파를 가리켰다.

그곳에는 마치 자기 집인 양 소파에 드러누워 새근새근 자는 미노리가 있었다.

"처음에는 얌전했는데 말이지."

"그랬어요?"

"응. 근데 1분도 못 갔어."

"뭐, 릿 짱답네요."

아카리는 쓴웃음을 지으며 보리차를 한 모금 마셨다.

"그래도 오늘 귀여운 릿 짱을 볼 수 있어서 만족했어요. 빈틈투성이라 영상까지 찍을 수 있었고."

"……좀 의외였어."

"네?"

"아까 분명 화낼 줄 알았거든."

"화를 낼 줄 알았다고요……?"

아카리는 의아하다는 듯 고개를 갸웃거리다 이내 깨달았다는 듯 '아' 하고 소리를 냈다.

"선배, 혹시 선배랑 릿 짱이 친하게 지내서 제가 질투할 거라고 생각한 거예요?"

그녀는 놀리는 듯이 씩 웃어 보였다.

놀리는 듯하지만 악의가 있다기보다 따스하고 순진무구한 느낌.

뭐라고 할까, 아카리다운 미소였다.

"그 말은 즉 선배가 그만큼 저를 신경 쓰고 있다는 뜻이네요!"

"그게…… 그렇게 되나?"

"당연하죠!"

당장 콧노래라도 부를 것처럼 환하게 웃는 아카리.

"그야 물론 선배와 릿 짱이 질투 날 정도로 좀 많이 친하다고는 생각하지만 저는 선배 여친이잖아요. 그 정도야 마음 단단히 먹고 유연하게 넘겨야죠!"

"드, 든든하다……!"

"게다가 선배랑 사귄다고 해서 친구와의 소중한 관계를 두고 감 놔라 배 놔라 할 만큼 속 좁은 사람도 아니고요."

친구와의 소중한 관계…… 나와 미노리의 '남매' 같은 관계를 말하는 걸 테다.

나는 그렇다 치고 솔직히 미노리가 그 관계를 얼마나 소중하게 여기는지는 모르겠다. 뭐, 아카리 앞에서 보이지 않을 법한 행동을 하거나 무방비하게 자는 모습을 보이는 것 보면 어느 정도는 마음을 열고 있다는 뜻이려나.

"하지만 선은 꼭 지켜 주세요! 저한테만 공부하라 하고 릿 짱과 그렇게 노는 건 말도 안 되는 일이라고요!"

"아, 넵!"

"오늘도 봐요! 저는 이렇게나 많이 문제를 풀었는데!"

아카리는 그렇게 말하며 방금까지 펼쳐 놓았던 노트를 내밀었다.

불과 한두 시간 지났을 뿐인데 그 시간 동안 풀었다고 믿기 어려울 만큼 많은 양을 소화해 냈다. 게다가 이미 자가 채점도 마친 상태였는데, 모든 문제에 동그라미가 그려져 있었다.

"이건 진짜 대단한데……."

"그렇죠? 그렇죠?"

몸을 앞으로 쭉 내밀며 반짝반짝 빛나는 눈으로 바라보는 아카리.

그 모습만으로도 그녀가 무엇을 바라는지 훤히 보여서 나도 모르게 헛웃음을 터트렸다.

"그런 건 미노리랑 한 내기에서 이긴 다음에 해야 하는 거 아냐?"

"윽…… 이 정도는 괜찮지 않아요?! 봐요, 릿 짱도 자고 있고! 이런 건 작은 목표를 차곡차곡 쌓아 올리는 게 가장 좋다고들 하잖아요!"

"그런가?"

"그래요! 게다가…… 선배한테 칭찬받고 싶어서 평소보다 열심히 했는데 아무런 보상도 없다면 다음에 더 열심히 할 동기가…… 그……."

동기 부여를 인질 삼아 협박하는 아카리.

아니, 그보다는 기대했던 반응을 못 얻어서 시무룩해진 게 더 문제이려나.

"어쩔 수 없네."

그런 모습이 사랑스러워서 나는 쉽게 무너지고 말았다.

가볍게 한숨을 내쉰 뒤, 오른손을 뻗어 그녀의 머리에 올려놓고, 쓰다듬었다.

"참 잘했어, 아카리."

"에헤헤……."

같이 살 때도 조르면 곧잘 해 준 행위였지만 연인 사이가 되고 나니 묘하게 더 쑥스러웠다.

그렇지만 아카리가 기뻐하고, 행복해해서…… 좀 더 해 주고 싶다는 마음이 점점 더 커지고——

——띠링.

"헉? 릿 짱?!"

"후후, 좋은 거 건졌다."

언제 일어났는지, 미노리가 조금 전 아카리가 그랬던 것처럼 스마트폰 카메라를 우리 쪽으로 향한 채 씨익 웃고 있었다.

아무래도 아까 당한 걸 대갚음하려고 기다리고 있던 모양이다.

역시나 그냥은 안 넘어가는구나——.

"남친한테 머리 쓰다듬어 달라고 조르는 아카리. 후후, 이걸 보여 주면 팬들은 기절하겠는데?"

"팬 같은 거 없어! 그보다 얼른 지워!"

"그을쎄, 어쩔까나—."

아까와 입장이 뒤바뀐 상태로 또다시 소란을 피우는 두 사람.

사이좋은 그 모습을 바라보다가 문득 아카리는 학교에서 어떻게 지내는지 궁금해졌다.

◇◇◇

본가로 돌아온 지 며칠이 지났다.

대학교에 입학하기 전까지 늘 그랬듯 가족과 단란한 시간을 보내기도 하고.

이곳에 계속 있거나 또는 나처럼 본가에 놀러 온 친구들과 놀기도 하고.

그러다 보니 마치 이곳에서 살던 때로 돌아간 것 같은 기분이 들었다.

그렇지만 고등학생인 아카리와 미노리가 교복 차림으로 놀러오는 모습을 보면 역시 그들과 똑같을 수는 없구나, 하고 스스로 깨닫게 된다.

고작 한 살 차이지만 지금 내가 교복을 입으면 그냥 코스튬 플레이로밖에 안 보이겠지. 아니 뭐, 입을 마음도 없지만.

"자자, 느와르. 강아지풀 같은 장난감이에요~."

"아, 안 돼. 완전히 무시 중이야."

"어째서!"

지금 두 사람은 느와르와 놀고 있다――아니지, 느와르가 놀아주고 있다는 표현이 더 정확할지도.

느와르도 이젠 아카리라는 존재에 많이 익숙해진 모양이다. 느와르는 특유의 시큰둥한 태도로 아카리를 훌륭하게 피하고 있었다.

"으으…… 릿 짱은 잘 따르면서. 내가 릿 짱보다 더 부드러운 이미지일 텐데."

"겉모습은 상관없어. 아카리와는 쌓아 온 시간이 다르니까. 그치, 노아.”

미노리는 어쩐지 의기양양한 얼굴로 그렇게 말하면서 느와르를 향해 작게 손을 흔들었다.

“…………”

“욘석, 무시하지 마.”

“캬앙.”

“아얏.”

느와르의 관심을 끌려고 손을 뻗다가 손등을 철썩 얻어맞은 미노리.

느와르 안에서는 이미 상하관계가 명확하게 정해져 있는 모양이다…… 물론 느와르가 위다.

“모토무 군, 나 맞았어.”

“싫어하는 거 아냐?”

“그럴 리 없어. 우리 친하거든. 그치, 노아?”

확인하듯 그렇게 묻는 미노리의 표정은 조금 시무룩하게 보였다.

그런 그녀가 짠했는지, 느와르는 ‘기운 내’라는 듯이 무릎을 문질러 줬다——꼬리로.

“으으, 노아~ 이 밀당의 고수 같으니~.”

“냐옹.”

미노리는 느와르를 무릎에 올려놓고 부드럽게 쓰다듬었다.

다시 기분도 좋아진 것 같고, 일단락된 걸까?

“으, 결국 릿 짱에게 빼앗겨 버렸어요.”

“아하하…… 뭐, 금방 친해질 거야. 사람을 싫어하는 애도 아니니까.”

“네, 열심히 노력할게요!”

풀이 죽어 있던 아카리는 어느새 기운을 되찾더니, 반짝이는 눈동자로 미노리와 느와르를 바라봤다.

“릿 짱의 저런 모습을 보게 되다니, 역시 신선하고 귀여워요.”

“아카리 앞이라고 일부러 더 저러는 거 아닐까?”

“그건 아닐 거예요. 그저…….”

“그저?”

“릿 짱에게 이 집이, 선배와 노아 앞이 가장 마음 편한 장소인 거 같아요.”

아카리는 따스한 시선으로 미노리를 바라보며 그렇게 말했다.

미소를 짓는 얼굴에는 희미하게 부러워하는 기색도 엿보였다. 지금 아카리의 마음속에서 어떤 감정이 소용돌이치고 있을까. 짐작은 가지만 답까지는 알 수가 없었다.

‘……그렇구나.’

길고양이처럼 훌쩍 사라졌다가 느닷없이 돌아와서는 제집인 양 곁에 눌러앉긴 하지…… 그렇게 놀리면 가차 없이 할퀼 테지만.

저 녀석에게 지금 이 순간이 안정을 느낄 수 있는 시간이라면 그건 무조건 좋은 일이다.

“……? 두 사람 뭐야? 왜 그런 끈적끈적한 눈으로 쳐다봐.”

“끈적끈적한 눈이라니. 아니거든?”

“맞거든? 끈적끈적.”

미노리는 그렇게 반복하면서 어이없다는 듯이 고개를 돌렸지만, 사실 그녀는 그렇게 둔감하지 않다.

우리가 무슨 생각을 하는지 알기에 내뱉는 퉁명스러운 말.

다시 말해 쑥스러움을 감추는 중이었다.

"후후, 미안해. 릿 짱."

"칫……."

아카리가 웃으면서 형식적인 사과를 건네자, 미노리는 민망하다는 듯 입술을 샐쭉 내밀었다.

홈그라운드라 방심한 만큼 아카리가 우세한가?

"기억해 두겠어, 아카리……."

"힉!"

……뭐, 그만큼 반격도 만만치 않네.

그렇게 조금씩 공기가 팽팽해지던 그 순간――

"캬옹!"

미노리의 손길을 만끽하던 느와르가 펄쩍 뛰며 일어났다.

그와 동시에 스마트폰 진동음이 작게 울렸다. 아무래도 미노리한테 전화가 온 모양이었다.

"…………."

"안 받아?"

"……하아, 귀찮아."

미노리는 노골적으로 투덜거리면서 스마트폰을 들고 거실 밖으로 나갔다.

"반응을 보아 하니 학교인가 보네요."

"학교? 설마 재 뭔가 혼날 만한 일이라도 했어?"

"아, 아뇨, 그게…… 실은 릿 짱이 문화제 행사에 참여 중이거든요."

"뭐?"

미노리가 문화제에 참여하고 있다고?

수험생은 참가 의무가 없는 문화제에, 저 미노리가?

"지금 농담하는 거지?"

"아하하, 안 어울리죠? 평소 같았으면 절대 참여 안 했을 사람인데."

아카리는 난감한 미소를 지으면서 미노리가 나간 문 쪽으로 시선을 던졌다.

"당연한 얘기지만 실은 사정이 있어서요……."

아카리의 설명에 따르면 3학년 행사는 예년과 마찬가지로 반별이 아니라 참여를 희망하는 사람들끼리 모여 진행하기로 했다고 한다.

그런데 올해는 행사 규모에 비해 인원이 부족했던 모양이다. 그 결과 참여 의사는 없지만 누가 봐도 한가해 보이는 미노리가 목표물이 됐다나.

"릿 짱도 처음에도 잠깐…… 아니, 엄청 싫다고 버텼는데요……."

"거절하는 데에도 체력이 필요하다는 둥 하면서 결국 승낙했겠지."

"맞아요, 어떻게 아셨어요?"

"육상부 때도…… 아 중학교 때 말이야. 이러니저러니 투덜대면서도 제일 열심히 한 매니저가 재거든."

그렇다 해도 문화제처럼 시끄러운 행사는 저 녀석이 결코 선호하지 않는 것일 텐데.

"선배, 왠지 즐거워 보이는데요?"

"아니, 문화제 한복판에 내던져져서 불편해 어쩔 줄 몰라 하는 미노리를 생각하니 재밌어서."

"남의 불행을 좋아하다니, 변태."

때마침 통화를 마친 미노리가 돌아왔다.

"릿 짱, 무슨 문제 있대?"

"아니, 그냥 상담 좀 해 줬어."

"상담?"

"나 자문 위원이거든."

뿌듯하다는 듯 가슴을 쫙 펴는 미노리.

아무래도 일꾼으로는 도움이 안 되니 머리를 쓰는 쪽으로 행사 참여 방향을 잡은 모양이다.

"아니, 근데 중요한 자문 위원님께서 이런 곳에서 땡땡이 쳐도 되는 거야?"

"나는 자문 위원이니까."

"……? 아니, 그러니까."

"자문 위원은 현장에 없는 주제에 잘났다는 듯이 이러쿵저러쿵 트집 잡는 사람을 말하는 거잖아."

"무슨 편견이야 그거!"

그렇게 반박하는 나도 실태는 잘 모르지만, 그런 녀석이 있다면 현장에서는 엄청 미움받을 것 같다. 트러블이 발생했을 때에 한해 연락이 닿지 않을 것 같다

그렇게 반박을 하지만 사실 나도 제대로 아는 건 아니었다. 그렇지만 그런 녀석이 있다면 현장에서는 엄청 싫어할 것 같았다.

문제가 생겼을 때에만 연락이 닿지 않을 것 같고(편견).

“그래서, 무슨 행사를 하는데?”

“어? 흥미진진하나 봐?”

“그렇게 말하면 부정하고 싶어지지만 뭐, 관심은 줄 만하지 않나?”

“흐음~?”

미노리는 내 속을 꿰뚫어보려는 듯이 뚫어져라 쳐다봤다.

하지만 맹세코 정말 순수한 호기심이었다. 말하기 싫다 하면 굳이 들을 생각은 없었는데——

“할로윈 카페야.”

“……뭐?”

“할로윈 콘셉트로 꾸민 카페라고.”

“아니, 그…….”

“몰라? 콘셉트 카페? 아, 아저씨라서 잘 모르겠구나.”

“그 정도는 알아…….”

콘셉트 카페라는 건 메이드 카페처럼 어떠한 독자적인 세계관이나 테마성을 가진 카페……일 거다, 아마도.

내가 고등학교를 다닐 때에도 당연히 그런 걸 준비하는 반이나 특활부도 있었으니 문화제에서 거의 단골 행사라 해도 과언이 아닐 것이다.

할로윈이라는 소재도 대충 어떤 분위기일지는 상상하기 어렵지 않다. 않은데——

“문화제는 9월 말이잖아.”

“맞아요.”

"……시기적으로 안 맞지 않아?"

혹시 몰라 아카리에게 확인한 다음 다시 한번 내 의문을 굳힌다.

할로윈은 유령이나 괴물 분장을 하고 호박으로 장식을 한 뒤 'Trick or Treat'라고 외치면서 과자를 얻으러 다니는 이벤트다.

그리고 그것을 하는 날은 10월 31일로 정해져 있다. 전 세계적으로 말이다.

가게에 따라서는 시즌 이벤트로 몇 주 전에 한정 상품을 내놓을 수도 있지만…… 아무리 그래도 한 달이나 앞당겨서 할로윈 카페를 여는 건 너무 무리수 같았다.

"그 부분이 좋은 거라고. 획기적이잖아."

"그, 그런가?"

고작 한 살 차이인데 감성은 천지 차이인 것 같다.

아니, 내가 유독 못 쫓아가고 있을 뿐일지도 모른다. 스바루도 틈만 나면 '유행을 모른다'고 놀렸으니…… 가만, 혹시 나 재미없는 남자인 건……?

"뭐, 잘 모르지만 말이야."

"너도 모르는 거냐!"

"응. 다른 애들이 그렇게 말했을 뿐이야. 나는 귀찮지만 않으면 별 상관 없고."

내심 미노리도 잘 모른다는 사실에 안도하면서 역시나 그녀답다고 다시 한번 생각했다.

음식 부스는 그 나름대로 힘들지만, 분담만 잘하면 개인 부담은 확 줄어든다.

준비 기간에는 자문 위원으로서 이러니저러니 간섭하고, 당일에는 웨이트리스로 몇 시간만 일하면 된다는 식으로 생각했을 게 뻔하다.

"그래도 한 달이나 먼저 할로윈을 즐길 수 있다니 뭔가 이득을 본 거 같지 않아요?"

"이, 이득?"

아무래도 이 기획, 아카리에게는 제대로 취향 저격 한 모양인지 그녀의 눈이 반짝거렸다.

"릿 짱 나 꼭 놀러 갈게!"

"웅, 기대해. 열심히 하는 건 내가 아니지만."

의기양양한 얼굴로 그렇게 말하며 가슴을 펴는 자문 위원님(현재 땡땡이 중).

그건 그렇고 진짜 그리운 이야기네. 먼 옛날 이야기 같기도 하고.

작년에 나는 문화제에 가지 않았지만…… 새삼 가 볼걸 하는 후회가 들었다.

물론 진짜로 뒤늦은 후회지만――

"아, 그래."

그런 내 생각을 차단하듯 미노리가 말했다.

뭔가 장난이라도 생각난 듯 발랄한 목소리에 묘한 불길함을 느꼈지만――

"모토무 군도 문화제에 오지 그래?"

"뭐?"

그 제안은 흐름상 전혀 이상하지 않은 매우 평범한 것이었다.

"뭐야, 내가 무슨 이상한 말이라도 하는 줄 알았어? 섭섭하네."
"섭섭해하기 전에 평소 네 언행을 돌아봐라 좀."
"평소의?"
미노리는 씩 웃더니 성큼 다가와 내 귓가에 속삭였다.
"아카리에 대한 마음을 깨닫게 해 줬다거나 그런 거?"
"!!"
그걸 지금 말한다고?!
아니, 뭐 확실히 미노리 덕분이라는 점도 부정할 수 없긴 하지만…….
"릿 짱? 선배?"
"아, 아무것도 아니야."
아카리가 눈치채지 못하게 얼른 나에게서 거리를 두는 미노리.
단순히 놀린 걸까……? 아냐, 일부러 그 이야기를 꺼낸 거야.
뭔가 꿍꿍이가 있다 해도 이상하지 않아. 방심하지 말자, 시라기 모토무.
"그냥 9월 말이면 그래도 개학 전이지 않나 싶어서."
"맞긴 한데…… 아니, 그래도 너무 아슬아슬한데……."
갈 수는 있다. 불가능한 건 아니다.
다만 나는 부 활동을 했어도 특별히 친하게 지낸 후배가 있지도 않았고, 또 졸업한 학교 문화제에 가기에는 뭐랄까…… 괜히 쑥스러웠다.
"모토무 군이 오면 다들 좋아할 텐데~."
"다들이 누군데, 다들이."
"아, 자각이 없구나. 근데 진짠데. 그치 아카리?"

"아, 으응. 선배는 우리 학년에서도 꽤 유명하다고 할까…… 앗! 아, 안 돼요, 릿 짱!"

무언가 깨달은 듯 아카리가 다급히 미노리를 저지하려 했다.

반면 나는 무슨 이야기인지 전혀 이해를 하지 못했다. 특별히 지금 3학년들이랑 접점이 있던 것도 아닌데?

"서, 선배가 와서 좋아할 사람들이라면 결국 그런 사람들이잖아! 그건 피라냐 천국인 연못에 내던지는 거랑 마찬가지라고!"

피라냐?!

혹시 누가 내 목숨을 노리고 있는 거야?!

"그럼 아카리가 제대로 지켜 주면 되잖아. 여자 친구니까."

"여, 여자 친구! 맞아요, 전 누가 뭐라 해도 선배의 여자 친구예요!"

"그리고 이거 기회 아냐?"

"기회?"

"꿈이었잖아, 문화제 데이트."

"문화제 데이트!"

처음에는 불길한 비유까지 쓰며 떨떠름해하던 아카리. 하지만 미노리의 말에 눈 깜짝할 사이에 휩쓸려 버렸다.

문화제 데이트라 해도 나는 이미 졸업했으니 왠지 묘한 느낌일 거 같은데…….

"하고 싶다… 선배랑 문화제 데이트……."

아카리가 조용히 중얼거렸다.

그건 누구 들으라고 한 말이 아니라 그저 순수한 바람이어서—

'아…….'

가슴이 욱신거렸다.

나는 아카리의 남자 친구인데 왜 자꾸 뒷걸음질 치는 생각만 하고 있는 걸까.

지금도 귀중한 시간을 내서 만나러 와 주는데 나는 아무것도 못해 주고 있고…… 여자 친구가 간절히 원하면 이루게 해 주는 것이 맞지 않나?

물론 쑥스럽다거나 너무 개학 임박해서 돌아가는 거 아니냐는 생각은 여전히 머릿속에 자리 잡고 있지만——

"……그럼 상으로 정하는 건 어때?"

"네?"

"그 왜, 미노리가 말했던 거 있잖아. 기출문제 풀면 준다는 거. 그거 합격하면…… 같이 문화제에 가자."

"……!!"

아카리의 눈이 휘둥그레졌다.

'정말이에요?'라고 말 대신 눈빛으로 묻는 그녀에게 나는 분명하게 고개를 끄덕여 주었다.

"그런 건 조건 없이 같이 가 줘야 하는 거 아냐?"

"윽."

미노리의 날카로운 지적에 순간 움찔해 버렸다.

확실히 남자라면 가슴을 탁 치며 호언장담하는 게 멋지겠지. 그렇지만——

"일단 나도 그 길을 먼저 걸어 본 사람인 만큼 아카리가 후회하지 않았으면 싶으니까. 게다가 공부를 소홀히 하게 되면 그거야말로 데이트를 할 상황이 아니잖아."

"어후, 고지식하긴."

"……나도 그렇게 생각해."

잔소리꾼. 재미없는 사람. 그런 말을 들어도 어쩔 수 없다.

하지만 지금 제일 먼저 해야 할 게 뭔지 아는데 적당히 뭉개고 비위만 맞춰 주는 건 되레 불성실하다는 생각이 들었다.

"그런 점이 선배다운 거예요."

아카리는 실망하지 않고 오히려 웃어 주었다.

그녀는 기쁘다는 듯 뺨을 발그레하게 물들인 채 나를 바라보면서 결연하게 고개를 끄덕였다.

"선배 말 알아들었어요. 저 반드시 합격해 보일게요! 선배의 기대에 꼭 부응하겠어요!"

"응, 힘내!"

"네! 갑자기 의욕이 마구마구 샘솟네요! 설마 이런 빅 이벤트가 불쑥 발생할 줄이야! 이렇게 공부하고 싶어진 건 제 인생에서 처음일지도 몰라요!!"

기, 기합이 들어가다 못해 너무 과한 거 같은데.

합격은 문제없더라도 그 뒤에 번 아웃이 오는 건 아닐까…… 아냐, 한 번 실패를 겪어 봤으니 아카리도 잘 알 거야.

거기까지 참견하는 건 그야말로 쓸데없는 오지랖이겠지.

"나 참, 눈꼴시어 못 봐 주겠네."

그런 우리의 모습을 지켜보던 미노리가 어이없다는 듯 헛웃음을 지었다.

제 4 화 친구의 여동생의 시험 결과 이야기

9월도 끝이 가까워지자, 가을이 성큼 다가온 게 느껴질 만큼 지내기 좋은 날씨가 되었다.

오늘 하늘은 학생들의 축제를 축복하는 듯 구름 한 점 없이 새파랬다. 기온은 반팔 위에 얇은 카디건 한 장 걸치면 딱 좋을 정도로 쾌적하기 그지없었다.

"다행이네……."

혼잣말처럼 말이 툭 튀어나왔다. 하지만 해마다 점점 더 심해지는 여름 더위에 지쳐서 그런 말을 한 것은 아니다.

이 여름은 나에게 강렬한 기억을 남기고 갔다.

아직 혼자 사는 데 익숙지 못한 가운데 맞이한 여름방학.

갑자기 들이닥친 친구의 여동생.

그녀와 충실한 나날을 보낸 끝에…… 그녀는 내 첫 번째 연인이 되었다.

아마 이 여름을 나는 평생 잊지 못할 것이다.

그리고 동시에――이 추억은 여름과 단단히 묶여 버렸다.

10월부터 다시 혼자가 되고 느끼는 외로움은 추운 계절이 다가올수록 더 짙어질 게 분명했다.

그러니 그 외로움을 희석시키기 위해서라도 오늘 그녀와 만나는 건 의미가 있는 일이었다.

'……뭐, 사실은 그냥 만나고 싶을 뿐이긴 하지.'

연상이니 뭐니 떠들어 대지만 솔직히 처음 사귄 여자 친구로 인해 들떠 있었다.

방심하면 당연히 경험한 적 없는 감정에 마구 휘둘릴 거 같아서 필사적으로 냉정을 유지하려 하고는 있지만…… 솔직히 잘하고 있는지는 모르겠다.

'이미 다 들킨 것 같단 말이지. 미노리 녀석, 쓸데없이 눈치는 좋아서…….'

뭐, 이제 와서 그런 걸 신경 써 봤자 소용없나.

드디어 오늘이 마지막이다. 아카리뿐만 아니라 내 여름방학도 끝을 맞이했다.

원래 일정대로라면 자취방에 돌아갔어도 진작에 돌아갔을 시점이다.

처음엔 반가워하던 부모님도 슬슬 안 가도 괜찮냐면서 걱정하기 시작했고, 더 나아가 무슨 심각한 문제가 있어서 학교에 가기 싫은 거냐는 의심까지 하기 시작했다.

뭐, 여자 친구랑 데이트하기 위해서라고 하면 그런 거였냐면서 얼른 집에 데려오라고 성화를 부릴 게 뻔하다. 하지만 아카리가 내키지 않아 하는 이상 입을 다물 수밖에.

그러고 보니 나야말로 언제 한번 날 잡고 아카리 부모님께 인사를 드리러 가야 하는데.

아카리에 비하면 나는 스바루의 친구로서 얼굴도장을 찍었으니…… 잠깐만, 그쪽이 더 긴장되는 상황 아닌가?

"……그래, 그만 생각하자. 더 하면 이제부터 즐기질 못할 테니까."

그렇게 확신하면서 일단 떠오른 생각들을 머릿속에서 떨쳐냈다.

오늘은 눈앞의 일정에만 집중해야 하는 날이니까.

그나저나——

"설마 이렇게 될 줄이야……."

나는 다시 한번 오늘 일정을 결정 짓게 된 그날을 떠올렸다.

◇◇◇

그건 불과 며칠 전의 일이었다.

"…………."

그것을 앞에 둔 미노리는 그녀답지 않게 경악한 표정을 지으며 그 어떠한 말도 하지 못했다.

"릿 짱?"

그 모습에 숨을 죽이고 지켜보던 아카리도 점차 당황하기 시작했다.

지금 미노리가 보고 있는 건 세이오 대학교 기출문제를 푼 아카리의 답안지.

아카리 입장에서는 여름의 성과를 보여 줄 수 있는지, 또 상으로 데이트를 해도 되는지 결정하는 중요한 시험이었는데——

"…………."

미노리에게서는 아무런 대답도 돌아오지 않았다.

"야, 미노리……?"

답답한 마음에 내가 말을 걸자, 미노리는 말없이 나를 바라봤다.

"왜 그래. 서, 설마……."

결과가 안 좋은가? 그렇다면…….

솔직히 이런 결과는 전혀 예상치 못했다.

그야말로 지금 분위기는 꽁꽁 얼어붙은 지옥 한복판과 다름이 없었다.

"잠깐 이리 와 봐."

미노리는 가타부타 아무런 말도 하지 않은 채 나에게 손짓을 했다.

그리고 답이 적힌 노트와 시험 답안지를 건네줬다.

"어? 이걸 왜……?"

"혹시 모르니까 한 번 더 확인해 줘."

"한 번 더 확인하라고? 그 말은……."

"내가 잘못 본 걸지도 모르니까."

"아, 알았어."

"잘 부탁드려요, 선배……!"

아카리도 미노리의 태도로 뭔가 낌새를 느낀 모양이다.

어느새 눈가가 촉촉해진 아카리가 고개를 푹 숙였다.

그렇게 한다고 해서 노트에 적힌 답이 바뀌지 않는다는 걸 알면서도 지푸라기라도 잡고 싶다는 마음이 절절하게 전해졌다.

'아냐, 점수가 아예 부족했다면 미노리가 다시 체크해 달라고 할

NOTE

리가 없어. 아슬아슬하니까, 합격 점수에서 간당간당하니까 나한테도 부탁한 걸 수도 있어!'

이런 상황에서는 단순히 채점만 하는 나도 부담을 느낄 수밖에 없었다.

나는 마른침을 삼키며 노트로 시선을 떨어트렸다.

일단 상황을 정리해 보자.

합격 기준은 정답률 80%이었다.

따라서 국어와 영어가 각각 150점, 세계사가 100점, 도합 400점 만점에 320점 이상만 맞으면 합격이었다.

아마 실제 시험에서도 그 정도가 합격 커트라인일 것이다.

본 시험 기준이라 한다면 여름방학이 막 끝난 시점에서 요구하기엔 다소 벽이 높을지도 모른다.

그렇지만 나는 아카리라면 뛰어넘을 수 있다고 생각했다.

비록 모의고사 결과는 좋지 않았지만, 여름 내내 옆에서 지켜본 아카리의 모습을 생각하면 절대 무리는 아니라고.

'괜찮아. 분명 미노리가 놓친 걸 거야. 괜찮아, 괜찮……'

아카리가 숨을 죽이며 지켜보는 가운데, 나는 정답을 맞춰 보다가――미노리와 마찬가지로 할 말을 잃고 말았다.

"어……."

"왜, 왜 그래요? 그렇게 절망적인가요?!"

"아, 아니, 그게…… 잠깐만 기다려 봐."

비통하게 외치는 아카리를 달래며 나는 몇 번이고 답을 맞췄다.

그러나 당연하게도 답은 바뀌지 않았다.

처음부터 끝까지, 서술 문제 답안도 꼼꼼히 확인했지만, 그럼에도…… 역시나 믿기지 않았다.

미노리가 나한테 한 번 더 체크해 달라고 한 이유를 일말의 오해 없이 완전히 이해하고 말았다.

이러면 당연히 누군가에게 맡기고 싶어지겠지. 나도 맡길 수 있다면 맡기고 싶다.

"선배애……."

"아, 미안!"

바닥에 털썩 주저앉아 매달리듯이 내 이름을 부르는 아카리.

솔직히 눈앞의 결과가 너무 충격적이라 존재 자체를 잊고 있었다!

"어…… 이걸 뭐라고 해야 하나."

"그, 그냥 속 시원히 말해 주세요……!"

"아, 미안해! 말투가 좀 그랬지? 음, 그러니까……."

"합격인지 불합격인지만…… 제발, 선배……!"

"아, 그거라면 합격."

"합……?! 네에에에?!"

아카리가 지른 새된 비명에 흠칫 놀라 몸을 움츠리는 나와 미노리.

"합, 합격? 지금 합격이라고 하셨어요?! 아니, 왜? 분위기만 보면 완전히 불합격이었는데! 아니, 그보다 너무 아무렇지도 않게 말하는 거 아녜요?!"

"아, 나도 이 답안지를 보기 전까지는 불합격이겠구나 했어. 근데 이제 보니 합격이냐 불합격이냐 논하는 것 자체가 바보 같다고

나 할까?"

"그게 목적이잖아요!"

맞는 말이다. 처음에는 합격이냐 불합격이냐가 가장 중요했다. 하지만 막상 이 답안지를 보니 그 생각이 얼마나 실례였는지 알게 되었다.

"정말이지, 역시 아카리라고 해야 하나. 정말 우리 대학에 응시해도 되는 거야, 이거?"

"그, 그게 무슨 뜻이에요?"

"아카리, 세 과목 모두 만점이야."

"……네?"

아카리의 눈이 휘둥그레졌다.

퍼펙트했다. 서술형 문제까지 훌륭하게 요점을 짚어 내서 불만을 제기할 수 없을 정도로.

너무 완벽해서 눈을 의심하는 것도 무리가 아니었다.

"아카리, 안 된다고 했는데 기출문제 찾아본 거야?"

"안 찾아봤어! 정말로 하나도 모르는 상태에서 풀었어! 푸, 푼 거 맞다니까요?!"

"기출문제 중에서도 특히 어려웠던 해 걸로 고른 건데."

이 녀석…… 그건 그것대로 악의가 가득하잖아.

아무렇지 않게 말하고 있지만 아마 결과가 어떻든 재밌을 거라고 생각했겠지.

"어, 어쨌든 합격인 건 맞잖아요! 저한테는 만점이냐 아니냐보다 그게 가장 중요해요!"

"합격 맞지. 그렇지?"

혹시나 싶어 이번 테스트를 준비한 미노리에게 물으니 그녀 역시 고개를 끄덕이며 대답했다.

"그럼…… 문화제 데이트도?"

"응, 당연히 해야지."

"아싸! 아싸! 아싸아아!!"

만세 삼창이 아니라 아싸 삼창.

그 자리에서 깡충깡충 뛰며 온몸으로 기쁨을 표현하는 아카리를 보고 있자니 나도 모르게 마음이 따스해졌다.

"잘됐다, 아카리. 그렇게 바라던 문화제 데이트를 할 수 있게 되어서."

"응!"

"모토무 군도 분명 교복 입고 와 줄 거야."

"안 입는다고!"

그건 단호하게 거절해 주겠어.

아카리, 옆에서 그렇게 아쉬운 표정 좀 짓지 말아 줄래.

내가 교복을 입는 순간 그거 코스프레가 된다. 나를 아는 후배가 본다면 경악하는 표정을 지으면서도 바로 졸업생들에게 퍼트리겠지. 최악의 경우, 수상한 사람이라면서 경찰까지 부르는 일로 번질 수 있다.

'응. 안 돼. 재고할 여지도 없이 안 돼.'

물건을 잘 안 버리는 부모님이니까 아마 교복은 아직 잘 보관해 두고 있을 테지만…… 결코 그 존재를 이 두 사람이 모르게 하자. 응.

"그래도 정말 안심했어요. 모의고사를 망친 게 트라우마로 남아서…… 몇 번이나 꿈을 꿀 정도였다니까요."

"그러고 보니 점수가 안 좋았다고 했는데 정작 결과는 알려 준 적이 없네."

"네? 어떻게 그래요, 부끄러워서……."

"…………."

미노리가 짜게 식은 눈으로 아카리를 바라봤다.

무슨 말을 하고 싶은지 알 것 같았다.

'기출문제에서도 이런 점수를 내는데 모의고사 점수가 나빴다고? 정말?'이라는 눈빛이었다.

"으…… 지, 진짜라니까? 자, 봐! 여기 증거도 있어!"

아카리는 그렇게 말하며 가방에서 커다란 봉투를 꺼냈다.

"설마 늘 가방에 넣고 다녔던 거야?"

"네, 두 번 다시 이런 점수를 받지 말자는 결심의 증표로요!"

"그, 그렇구나."

똑바로 보기 힘들었을 텐데 꽤나 본인한테 엄격하네.

이런 거 보면 그냥 괜한 의심일지도…… 하고 생각하면서 미노리와 같이 모의고사 성적을 확인했고——

""………….""

"으…… 너무 그렇게 빤히 보지 말아요오……."

아니, 왠지 부끄러워하시는데요…….

"아카리, 이거 2등급이라고 쓰여 있는데."

"응……."

"그, 등급이란 게 1에서 5까지 다섯 단계잖아. 위에서 두 번째가 2고."

"응……."

"전혀 망친 점수가 아니지 않나?"

말했다! 말해 버렸다!

솔직히 이 시기에 2등급을 받는 건 전혀 나쁜 게 아니었다.

오히려 1지망이라면 연초에 있을 시험을 대비해 등급을 더 끌어올리자는 동기로 이어지지 않을까.

"하지만 내내 1등급이었단 말이에요! 1등급이어도 합격률은 80%인데 2등급이면 60%로 떨어지잖아요……!"

"틀린 말은 아니지만 그래도 이 시기에 2등급이면 충분하지 않나?"

"하지만 만일을 생각하면…… 1등급도 80%잖아요! 그 말은 20%는 불합격이라는 뜻이고. 1등급을 맞아도 전혀 안심할 수가 없는데……!"

너무 부정적으로 생각하는 거 아닌가…… 싶으면서도 동시에 꼭 합격하고 싶다는 아카리의 마음이 절절하게 전해졌다.

사실 입시에 '절대'는 없다. 시험 당일까지 쌓아 올린 모의고사 성적이나 공부 시간은 반영이 되지 않는다.

아카리는 우리가 생각한 것보다 훨씬 높은 단계에서 절망하고 침울해했지만, 마음을 놓거나 괜히 낙관하는 것보다 그녀처럼 생각하는 게 맞을지도 모른다.

'하지만 그러면 내내 긴장을 해야 하잖아…….'

입시 전쟁은 아직 한참이나 남았다…… 합격이 확정되는 날까지 아카리는 압박감에서 벗어나지 못할지도 모른다.

그렇지만, 적어도 오늘은, 미노리가 내 준 시험에 합격했다.

'적어도 상을 받는 그날만큼은 그런 거 다 잊고 마음껏 즐기게 해 주고 싶어.'

나는 그렇게 생각하면서 몰래 기합을 넣었다.

◇◇◇

……그렇게 해서 나는 오늘 거의 반년 만에 모교인 메이리츠 고등학교 앞에 서 있었다.

그렇지만 모교에 대한 향수에 젖을 분위기는 아니었다.

교문 너머로 보이는 학교가 연례행사인 문화제를 위해 한껏 꾸며져 있어서 그리움보다 신선함이 앞섰다.

당연한 이야기지만 매해 새로 꾸며지니 본 적이 있을 리 있나.

현재 시각 10시 30분. 막 개장한 참이라 손님들이 계속해서 학교 안으로 빨려 들어가고 있었다.

나는 뭐…… 일단 상황을 지켜보는 중이다.

'아카리한테서 어디서 보자는 연락이 오겠지.'

스마트폰을 보니 아직 연락은 오지 않았다.

개장은 했지만 아마 지금쯤 체육관에서 재학생을 위한 오프닝 공연이 진행되고 있을 터였다.

그쪽에 집중하고 있다면 연락이 안 오는 것도 당연하겠지.

"일단…… 먼저 들어가서 이곳저곳 둘러볼까?"

여기서 가만히 있다가는 아카리가 '기다리게 했다'고 미안해할 테니, 먼저 가서 재밌어 보이는 부스를 찾아 두는 것도 좋을 것이다.

입구에서 팸플릿을 받은 뒤 제일 먼저 미노리가 있는 3학년 합동 부스를 확인했다.

"……진짜로 '할로윈 카페'네."

솔직히 오기 전까지 반신반의했었는데…… 진짜로 했구나.

이렇게 다른 부스들과 나란히 있으니 의외로 괜찮았다.

자유분방한 학생다운 느낌이 있지만, 그렇다고 유난히 튀지도 않았다.

눈에 잘 띄지만 그게 나쁜 의미로 띄는 건 아니었다.

일단 한번 가 볼까 싶은 곳으로 점찍어 둘 수준은 됐다.

'이게 의도적으로 노린 거라면…… 괜히 자문 위원이 아니다 싶은데.'

우연일 수도 있지만 어쩐지 들어가 보는 게 기대되기 시작했다.

"오, 육상부도 뭘 하는구나."

익숙한 이름을 발견하니 조금 반가운 느낌이 들었다.

아니, 육상부뿐만이 아닌가.

고등학교에 다닐 적엔 친구들과 함께 어디를 어떻게 돌아야 문화제를 최대한 즐길 수 있는지, 팸플릿을 붙잡고 씨름을 하곤 했었는데.

그런 생각을 하면서 나도 모르게 팸플릿을 정독하다가 정신을 차리고 보니, 어느새 학생들이 늘어나 있었다.

오프닝 공연이 끝났나…… 하고 생각한 순간, 스마트폰이 진동했다.

[늦어서 죄송해요! 지금 어디 계세요?]

꽤 열중해서 공연을 봤나 보네.

다급함이 느껴지는 문자에 나는 미소를 지으며 답장을 보냈다.

◇◇◇

"오, 오래 기다리셨죠……!"

답장을 보내고 1층 현관 앞에서 기다리자, 몇 분 후 아카리가 헐레벌떡 뛰어왔다.

엄청 서둘렀는지 호흡이 꽤 거칠었다.

"굳이 뛰어오지 않아도 됐는데."

"아뇨…… 선배를 혼자 두는 건 피라냐 천국인 연못에 풀어 놓는 거랑 다름없으니까요……."

"그 비유 참 좋아하는구나?"

누가 덮쳐 올 일 따윈 없을 텐데.

학생이 아니라 외부 방문객이라 그런지 조금 시선이 느껴지기는 하지만.

"……선배는 둔감하니까 믿을 수 없어요."

"엑?!"

"자자, 한곳에 계속 있으면 더 눈에 띄니까 얼른 움직여요."

"무슨 잠입 임무 하는 거 같네……."

어쨌든 아카리에게 떠밀리듯 발걸음을 옮겼다.

참고로 당연한 소리지만 아카리는 교복을 입고 있었다.

상당히 익숙한 모습인데도 이렇게 학교 안을 함께 걷고 있으니 짙은 배덕감이 느껴졌다.

역시나 시선을 끌고 있는 것 같고…… 어라?

'지나가는 남자애들 전부 아카리한테 홀린 거 같은데?!'

교복을 입은 재학생도, 다른 학교에서 온 사복 차림의 방문객도 발걸음을 멈추고 아카리 쪽을 보고 있었다.

마치 그녀에게만 스포트라이트가 쏟아지는 것처럼 부지불식간에 시선을 빼앗겨 버렸다는 듯이.

뭐, 같은 남자로서 그 마음을 이해 못 하는 것은 아니다.

함께 있는 시간이 늘고 꽤 익숙해졌다고는 하지만, 두말할 것도 없이 아카리는 '초절정'이라는 수식어가 붙는 미소녀다.

외모뿐만 아니라 사소한 몸짓 하나까지도 한 폭의 그림 같다.

포즈를 취하지 않아도 매 순간이 베스트 컷 같다고 칭찬하면…… 기분이 나쁘려나?

어쨌든 만약 아카리가 나랑 같은 반이었다면, 만약 스바루의 동생이 아니었다면…… 어쩌면 나 역시 그들과 마찬가지로 멀리서 바라만 보며 일방적으로 연심을 품었을지도 모른다.

"왜 그래요, 선배?"

"어? 아니……."

"헉! 혹시 제 머리에 먼지라도 붙었나요?!"

허둥지둥 손으로 머리카락을 매만지는 아카리.

고작 그런 이유로 귀까지 새빨개지는 모습에…… 멀어져 가던 그녀가 단숨에 내 곁으로 다시 돌아온 느낌이 들었다.

"선배, 아직도 붙어 있으면 그, 좀 떼어 주실 수 있어요……?"

"응?"

특별히 이상한 말을 한 것도 아닌데 나도 모르게 발걸음을 멈췄다.

머리카락에 붙은 먼지를 뗀다는 건 그녀의 머리카락을 만져야 한다는 뜻인데…… 이렇게 온 시선이 쏠려 있는 상황에서?!

'사람들이 아카리만 보는 것도 아닌데 말이지…….'

사람들 모두 아카리를 보고 걸음을 멈추고, 이어서 옆에 있는 나를 본다.

교복을 입지 않은 외부인, 하지만 모르는 사람이라고 하기엔 몹시 가까운 거리에서 함께 걷고 있는, 누가 봐도 지인인 사람.

이 상황에서 머리에 손이라도 댄다면, '우리 특별한 사이에요.' 하고 주변에 광고하는 꼴이 된다.

'아니 뭐, 특별한 사이는 맞긴 한데…….'

그렇다 해도 이런 자리에서 그 관계가 드러나 버리는 건 별로 좋지 않을 것이다.

이후 아카리가 학교에서 지낼 것을 생각하면 말이다…….

"아, 아냐, 없어. 아까 떨어졌거든."

"그래요? 다행이다. 민망한 모습을 보여서 죄송해요."

"절대 그렇지 않아."

애당초 먼지 같은 건 붙어 있지도 않았으니.

하지만 지금에야 비로소 문화제 데이트가 어떤 리스크를 안고 있는지 뼈저리게 깨달은 기분이 들었다.

오늘 내 행동에 따라 아카라의 남은 학교생활이 좌우되는 거야…… 아무리 본인이 원해서 같이 있는 거라지만 책임이 너무 막중한데……?!

왠지 모를 묘한 압박감에 나는 희미하게 위장이 쥐어짜이는 듯한 착각을 느꼈다.

◇◇◇

조금 이르긴 하지만 우리는 3학년 합동 부스인 '할로윈 카페'를 먼저 가기로 했다.

근무 시간표상 문화제 시작과 동시에 바로 미노리가 투입됐기 때문이다.

아마도 외모가 되는 미노리를 일찌감치 앞세워서 입소문을 내려는 작전인 듯했다.

미노리도 귀찮은 일은 먼저 해치우는 성격이니 이해관계가 잘 맞았을 테지.

어디 사시는 자문 위원님은 그 나름대로 성실하게 하고 있는 걸지도 모르겠다.

"음…… 할로윈 카페는 6층이네요. 엄청 구석에 있는데……."

"뭐, 어쨌든 주인공은 1, 2학년들이니까."

씁쓸한 이야기지만 3학년 참가자들도 충분히 이해하고 준비했을 것이다.

다만, 먹거리 분야라면 운동부가 운영하는 운동장 부스들이 가장 많이 눈길을 받는다.

반대로 건물 안, 그것도 층수가 높으면 그만큼 존재감도 희미해지고 만다.

홍보 없이 손님을 모으는 데 매우 불리한 상황…… 그렇다면 더욱 평판, 입소문이 중요했다.

"뭔가 도울 수 있는 게 있다면 좋을 텐데……."

"일단 가 본 뒤에 생각하자."

"네. 이미 북적북적할 수도 있으니까요."

그런 대화를 나누면서 6층으로 향했다.

당연한 이야기지만 한 층 한 층 오를수록 손님은 점점 줄어들었다.

그리고 6층은…… 얼핏 보기에도 복도에 대기 줄이 있거나 하지 않았다. 예상했던 대로다.

"아, 선배. 저기예요! 간판이 보여요!"

그런 한산한 모습이 전혀 신경 쓰이지 않는다는 듯, 아카리는 할로윈 카페라고 쓰인 간판을 발견하자마자 발걸음을 재촉했다.

한 박자 늦게 그녀를 따라가니…… 여기구나.

어딘가 모르게 음산한 장식. 그럴싸한 호박 장식들.

검은색과 주황색으로 메인 컬러를 잡으니 확실히 할로윈 분위기가 느껴졌다.

의외로 본격적인 장식을 둘러보고 있는데, 때마침 호객 담당인 듯한 메이드복을 입은 여자애가 복도로 나왔다.

"어? 미야마에?"

"아, 키노시타! 안녕."

아는 사이인지 아카리가 웃는 얼굴로 인사를 건넸다.

"뭐야, 놀러 온 거야?"

"응. 릿 짱한테 초대받기도 했고."

"와 줘서 고마워! 마침 손님 좀 끌고 와야겠다 싶었던 참인데…… 응? 일행이 있었네?"

이제야 키노시타가 내 존재를 알아챈 모양이다.

가볍게 고개를 숙여 인사하자 그녀가 눈을 크게 뜬 채 그대로 굳어 있다가——앗! 하고 소리를 질렀다.

"설마 그 시라기 선배?!"

'……그?'

이상한 수식어가 앞에 붙은 거 같은데.

게다가 이 아이, 아무래도 나를 알고 있는 듯하다. 나는…… 틀렸다. 전혀 기억이 나지 않는다.

"그럼 미야마에의 오빠도……?"

"아, 음…… 오빠는 안 왔어. 오늘은 선배와 나랑 둘뿐이야."

"진짜?! 대박!"

"어, 저기……?"

대체 무슨 이야기인지 도무지 이해가 가질 않는다.

일단 서로 대화는 통하고 있는 거 같은데——

"아, 어서 와. 아카리, 모토무 군."

묘하게 불편한 분위기에 이러지도 저러지도 못하고 굳어 있던 때, 교실에서 미노리가 나왔다.

상황이 상황인지라 그런 그녀가 구세주로 보였다……!

"릿 짱! ……응? 왜 아직 교복이야?"

"이제 갈아입으려고."

"설마 아직 준비 중이었어? 그럼 밖에서 기다릴게."

"아니, 괜찮아. 키노시타, 두 사람은 내가 안내할게."

"아, 알았어!"

멋지게 거수경례를 한 키노시타.

그녀는 할로윈 카페 홍보 간판을 들고서 휙 내 쪽을 돌아봤다.

"저기, 시라기 선배. 저는 키노시타 나츠미라 해요!"

“키노시타 나츠미. 음…… 만나서 반가워.”

“저도 만나서 영광이었어요! 천천히 즐기다 가세요!”

키노시타는 힘차게 고개를 꾸벅 숙인 뒤 총총 뛰어 사라졌다.

뭐지……? 하고 생각하고 있는데, 문득 두 사람의 묘한 시선이 느껴졌다.

“왜, 왜들 그래?”

“……아네요.”

“여전하네, 모토무 군.”

“응?”

내가 뭐 화날 짓이나 어이없어 할 만한 짓을 했던가?

도무지 알 수가 없어서 나는 그저 당황할 수밖에 없었다.

“뭐, 일단 들어와. 이제 막 오픈해서 다른 손님은 없어.”

“응!”

“아, 아카리는 나랑 이쪽으로. 모토무 군은 천천히 즐기고 있어.”

“응? 잠깐만, 아카리?!”

미노리는 그렇게 말하더니 아카리의 손을 덥석 잡아 끌고 갔다.

“지금 이 상황, 뭐지……?”

“시, 시라기 선배! 여기 앉으세요!”

“아, 응. 고마워.”

이번에는 강시 분장을 한 웨이트리스가 내 자리를 안내해 줬다.

다른 손님이 없다니, 그럼 우리가 첫 손님이라는 뜻일까.

각양각색의 코스프레를 한 학생들은 하나같이 긴장한 표정을 지으면서도 대놓고 노골적인 시선으로 나를 바라보고 있었다. 남녀 가릴 거 없이.

'왜지? 엄청 불편해……!'

아카리도 없고…… 상대가 3학년이다 보니 어렴풋이 기억나는 얼굴도 몇몇 있긴 하지만, 분장 탓에 애매하게 생각이 나지 않았다.

어느 정도 인연이 있는 후배라면 부 활동을 하다 만난 후배일 테지만, 육상부는 추천을 받을 만한 부가 아니라서 지금쯤 입시나 취업 준비에 매진하고 있을 건데…….

"주, 주문하시겠습니까!"

"아, 음…… 커피 한 잔 줄래?"

"아, 알겠습니다!"

말을 심하게 더듬으면서 대답한 강시 양(가명)이 물러갔다.

하지만 시선은 여전히 내 쪽으로만 쏠려 있었고——

'어, 어색해……!'

가시방석에 앉은 기분이 된 나는 한시라도 빨리 아카리나 미노리가 돌아오기를 간절히 빌었다.

◆◆◆

릿 짱에게 이끌려 들어간 곳은 할로윈 카페 옆 교실이었다.

선배는 그대로 자리를 안내받은 것 같은데…… 으, 걱정된다.

왜냐하면 선배는 유명인이니까!

내가 1학년이었을 때, 우연한 일로 우리 오빠가 한 학년 위에 있다는 소문이 퍼진 적이 있다.

그 말을 듣고 친구 몇 명이 2학년 교실을 들여다보러 갔고…… 돌아오자마자 한 목소리로 이렇게 말했다.

"엄청 멋있는 선배가 있어!"

나는 곧바로 그 사람이 선배——시라기 모토무 선배라는 것을 알아차릴 수 있었다.

오빠도 뭐, 잘생겼다는 말을 곧잘 듣기는 하지만, 좀 바보 기운이 나온다고나 할까…… 잘생겼다기보다 잘생긴 축에 속한다고 해야 하나.

"하지만 선배는 다르다!"

멀리서 보는 것만으로도 알 수 있는 다정한 분위기. 귀여운 미소. 듣기 편안한 음색.

열거하자면 끝이 없다…… 뭐, 내 눈에 콩깍지가 씌어서 더 그런지도 모르지만 사실이 그렇다는 건 어쩔 수 없다.

'내 입장에서는 자랑스럽지만 또 마냥 기쁘지만은 않고…….'

선배가 매력적일수록 라이벌이 늘어난다는 뜻이니까.

……선배는 둔감해서 전혀 알아채지 못하는 거 같지만.

'무, 물론 지금은 내가! 바로 이 내가! 선배의 여자 친구!! …… 이지만.'

지금도 자주 불안해진다.

선배와 사귀고 있는 이 기적이 그냥 조금 더 길게 이어진 꿈이 아닐까 하고.

문득 꿈에서 깨어나면 선배가 예전처럼 당연하게 멀리 있는 게 아닐까 하고.

그래서 굿 모닝이라고 메시지를 보내고, 답장을 기다리고, 그러다 선배가 좋은 아침이라고 대답해 주면 꿈이 아니구나 하고 안도한다.

사실은 좀 더 같이 있고 싶다. 늘 옆에 있어 줬으면 한다.

수능까지 앞으로 남은 몇 달도 영원처럼 아득하게 느껴진다.

모의고사 점수가 나빴던 것도 분명 초조해서 그랬을 거야……그 시험을 볼 땐 아직 선배와 사귀고 있지 않았으니까.

"하아……."

"땅 꺼지겠다."

"아, 미안해. 릿 짱."

"사과를 왜 해. 얼른 그거나 갈아입어."

"응………… 잠깐, 어?! 뭐야, 이거 언제 준 거야?!"

나는 어느새 새까만 천——아니 옷을 들고 있었다!

내 반응에 아무런 대답도 하지 않은 채 릿 짱은 교복을 벗기기 시작했다——잠깐, 이건 또 왜!!

"뭐 하는 거야 릿 짱!"

"옷 갈아입잖아. 아, 이 교실은 여자애들 탈의실이니까 걱정 안 해도 돼."

"옷을 갈아입는다고……?"

"할로윈 카페니까 아카리도 분장해야지."

"나도?!"

그렇다는 말은 이 검은 옷이 내 옷이라는 말이야?!

"처음 듣는 얘기야!"

"처음 말했으니까."

릿 짱은 당연하다는 듯이 고개를 끄덕이며 브래지어를 벗었다.

"꺄아아악!!"

"내 의상은 유난히 노출이 좀 많네. 잘 어울릴 거 같다는 말은 들었지만 좀 불안할지도."

그렇게 말하면서 릿 짱은 패드가 붙어 있는 복슬복슬한 옷을 가슴에 갖다 댔다. ……아니, 노출이 좀 많은 정도가 아니라 아예 속옷 수준으로 가슴만 가리고 있잖아?!

"어때, 어울려?"

"어울리냐 안 어울리냐를 물으면 엄청 잘 어울리긴 하는데!"

"그럼 다행이고. 가끔은 이런 코스프레도 나쁘지 않을지도."

릿 짱은 의외로 신난 듯 셀카까지 찍고 있었다.

원래 패션에 관심이 많은 건 알았지만 이런 코스프레도 포함이구나…….

"자, 아카리."

"아, 안 입을래! 나는 릿 짱처럼 몸매도 좋지 않고."

"충분히 좋은데, 왜. 그리고 아카리가 입을 건 내 거랑 달라. 아, 혹시 이쪽이 좋아?"

"아니! 아니!! 안 좋아!"

릿 짱이 입은 복슬복슬한 천(임시 명칭)에 비하면 내가 받은 새까만 천(정체불명)이 더 나아 보였다.

"근데 나는 참가자가 아닌데 코스프레 해도 되는 거야?"

"응. 아카리는 코스프레를 한 상태로 문화제를 즐기면서 이 할로윈 카페의 존재를 널리 알리는 광고탑이 될 거니까."

"코스프레 한 채로 문화제를 돌아다니라고?!"

"응. 참고로 아카리의 얼굴이 불타오를수록 카페도 불타오를 거야."

"왜 뿌듯한 표정인 거야……."

손가락으로 브이 사인까지 척 하는 릿 짱.

이게 자문 위원으로서 할로윈 카페를 성공시키기 위해 세운 릿 짱의 작전인 모양이었다.

" 모토무 군에게 귀여운 모습을 보여 주고 싶잖아."

"윽!!"

"주위에는 코스프레를 한 매력적인 여고생들 천지인데 아카리만 평소와 똑같은 모습으로 있으면 모토무 군의 시선이 다른 애들한테로 옮겨 가지 않을까?"

"그건…… 그럴지도……."

릿 짱이 숨결이 닿을 정도로 귀에 바짝 붙어서 속삭였다.

하지만 이건 악마의 속삭임이었다.

어떻게 알았냐면…… 릿 짱이 숨길 생각도 없이 씩 웃고 있으니까!

"원한다면 내가 직접 유혹해도 괜찮은데."

"리, 릿 짱이?!"

다시 한번 릿 짱의 모습을 훑는다.

아래는 아직 교복 치마를 입고 있지만 위에는…… 복슬복슬 천 하나뿐!

원래부터 릿 짱은 몸매가 장난 아니게 좋았는데, 복슬복슬 천이 더해지니 엄청 섹시하게 보였다.

허리는 모델처럼 잘록하게 들어가 있고, 모양이 예쁘게 잡히게끔 패드를 넣은 덕분인지 봉긋한 가슴에는 뚜렷한 골까지 생겨 있고…… 이러면 누구라도 유혹당할 수밖에 없잖아!!

"……입을래. 나, 나도 입을래! 이 까만 천!!"

릿 짱이 입은 복슬복슬 천을 입고서 문화제를 돌아다닐 용기는 없지만, 이 새까만 천이라면 그래도 입을 수 있어! 천 면적도 넓고!

물론 섹시한 릿 짱의 적수는 못 되겠지만, 이벤트성 코스프레에 여자 친구 보정까지 있으니 선배도 잠깐은 나를 봐 주겠지!

"제발 전신 타이즈 같은 개그 의상만 아니기를!"

"평소에 나를 대체 어떻게 보고 있는 거야."

릿 짱의 차가운 지적을 들으면서 나는 조심스레 까만 천을 펼쳐 보다가——

"이, 이건!"

나도 모르게 눈을 부릅뜨고 말았다!

◇◇◇

할로윈 카페에 온 지 10분 정도가 지났다.

"서, 선배. 커피 더 드릴까요?"

"아, 괜찮아. 신경 써 줘서 고마워."

"시라기 선배, 어, 어깨 좀 주물러 드릴까요?"

"아, 아니, 그것도 괜찮아."

……어색하다.

카페에서 접객하는 여자애들이 적극적으로 말을 걸어 주기는 하는데, 나를 엄청 신경 쓰고 있다는 느낌이 들어서 뭔가 굉장히 어색했다.

그 덕분에 괜히 분위기가 더 어색해졌다고나 할까…… 아니 뭐, 나도 이야기를 확장시키지 못해 미안하긴 한데…….

'둘 다 얼른 돌아와 줬으면 좋겠다…….'

벌써 몇 번째일지 모를 소원을 그렇게 또 빌었다.

차라리 상대가 남자애들이었다면 좀 더 편하게 이야기를 나눌 수 있었을 텐데. 어째서인지 남자애들은 모두 멀찍이 떨어져 있고 여자애들만 말을 걸어 왔다.

그러던 중 호객을 하러 남자애들이 하나둘 사라지더니…… 어느새 교실에서 자취를 감춰 버렸다.

완전히 고립무원이었다.

"그러고 보니 시라기 선배."

"으, 응? 왜?"

"오늘 미야마에랑 같이 오셨잖아요."

"……? 응."

"미야마에랑 무슨 사이세요?"

'……!!'

하마터면 마시고 있던 커피를 뿜을 뻔한 것을 간신히 꾹 참았다.

내가 이 아이들 입장이었어도 당연히 궁금해할 문제라 언젠가는 묻겠거니 생각은 했지만…… 마음의 준비가 전혀 안 된 상태에서 너무나도 갑작스럽게 돌직구가 날아와 버렸다.

'……아니, 그래도 괜찮아.'

심장은 쿵쿵 울리고 침인지 커피인지가 기도로 들어가 기침이 나올 것 같았지만, 어떻게든 겉으로는 평정을 가장했다. ……아마도.

그런 이유로 나는 숨을 고를 틈도 없이 평정을 유지한 채 의식적으로 활짝 웃으며 대답했다.

“아카리 오빠랑 친구거든. 마침 대학도 방학 중이라 같이 가자 그래서 와 봤어.”

거짓말은 아니다. 아슬아슬하게.

스바루와는 친구다. 그리고 같이 가자는 말도 들었고…… 미노리한테 들은 거지만.

뭐, 여자애들에게는 스바루가 말한 것처럼 들렸을지도 모른다.

어쨌든 아카리와 사귀는 건 일단 숨기기로 했다.

지나친 생각일 수도 있지만 나와…… 아니, 대학생과 사귄다는 게 알려졌다가 쓸데없는 문제로 번지지 않을 거라는 보장이 없으니까.

이 정도 선에서 납득해 준다면 좋겠는데.

“그, 그럼…… 하나만 더 여쭤 봐도 돼요?”

“응, 뭔데?”

왔다, 추궁!

속으로는 무슨 질문을 할지 긴장하면서도 나는 미소를 유지한 채 고개를 끄덕였다.

그녀는 나를 바라보다가 살짝 시선을 돌리며 조심스레 물었다.

“그…… 사쿠라이하고도 친하세요?”

“응? 미노리?”

대화 흐름상 당연히 아카리 얘기가 나올 줄 알았는데. 완전히 허를 찌르는 질문이었다.

그리고 곧 깨달았다.

'어, 나 지금…….'

"……선배, 지금 미노리라고 했지?"

"대박, 설마 사쿠라이랑?!"

자기들끼리 작게 말한다고 했지만, 대화 내용이 선명하게 들렸다.

방심했다가 망했다!

"아, 아니 지금 건……."

"아, 그렇게 된 거구나. 사쿠라이랑…… 근데 의외로 잘 어울리지 않아?"

"그림 같은 선남선녀잖아. 질투하기도 힘든 넘사벽 커플이네~."

아아, 이야기가 급진전되고 있어!

이 나이대 여자애들에게 연애 이야기만큼 재밌는 것은 없는 법.

아무래도 나랑 아카리, 미노리는 여학생들에게 딱 좋은 먹잇감이 된 듯했다.

'설마 아카리가 말한 '파라냐 연못'을 이렇게 체험하게 되다니…… 아냐, 그런 감상에 빠져 있을 때가 아니지!'

나와 미노리가 사귀고 있다는 오해를 얼른 풀어야 해!

"아니, 나랑 걔는 그런 관계가 아니라 그냥 같은 중학교 출신일 뿐이야!"

"네에? 같은 중학교를 나왔다는 이유만으로 이름으로 부른다고요?"

"게다가 상대는 그 사쿠라이인데요? 걔 남자애들이 이름으로 부르는 거 절대 허락 안 해요!"

"맞아!"

트, 틀렸어. 전혀 설득이 되지 않아.

그야 안 사귄다는 말보다 사귄다는 말이 더 흥미진진하겠지…… 아냐, 포기하지 말자, 시라기 모토무!

"특활부도 같았어. 그래서 말할 기회가 많았고."

"네? 선배랑 같은 부였다니, 육상부셨어요?"

"응."

"우와, 시라기 선배, 중학교 때도 육상부셨군요!"

"어쩐지. 우리 육상부는 그리 눈에 띄는 부가 아닌데 유독 시라기 선배만 눈에 띄더라!"

"맞아, 맞아. 왜 이런 누추한 곳에 저런 귀한 분이! 이런 느낌이었지."

이, 이야기가 벗어나고 있다……?

내 말도 들어 주기는 하지만 금세 급류에 휩쓸려 사라졌다.

애당초 나에게 이런 수적 열세를 뒤집을 만한 힘 같은 건…….

"왜 이렇게 불타오르고 있어?"

"아, 사쿠라이!"

희생양이 추가됐다!

할로윈 카페에 느긋하게 나타난 가련한 아기 토끼, 사쿠라이 미노리의 등장에 카페 안은 더욱 떠들썩해……지고…….

"왜?"

평소처럼 무기력한 눈으로 바라보는 미노리.

하지만 나와 여자아이들은 그런 그녀의 모습에 아무런 말도 하지 못했다.

바로 그녀의 차림새 때문에.

"아, 이거? 내가 봐도 참 잘 어울리는 거 같아."

미노리가 뿌듯한 듯 그 자리에서 빙글 돈다.

동시에 복슬복슬한 꼬리와 귀가 흔들리고, 가슴도…… 잠깐만!

"뭐, 뭐야 그 모습은……!"

"음, 고양이 늑대 소녀?"

"그게 뭔데……."

미노리의 복장은 단순했다.

동물의 털을 연상시키는 소재로 만든 비키니 스타일의 상하의.

거기에 고양이 발 같은 장갑과 신발, 고양이 귀 같은 머리띠——그게 다였다.

명백하게 코스프레를 한 거였지만 노출이 너무 심했다.

해수욕장이 아니라면 성립되지 않을 수준의 노출이었지만 당연히 이곳은 할로윈 카페로 꾸며진 교실이어서…… 뭐라고 할까. 묘한 배덕감이 느껴졌다.

그리고 불필요한 장식은 전부 덜어 내고 최소한만 가린 그 차림은 미노리가 가진 매력을 최대한 끌어내고 있었다.

동성인 여자애들도 넋을 잃고 바라볼 정도로.

"역시 사쿠라이야. 예쁘다……."

"무조건 잘 어울릴 줄 알았어."

"남자애들이 다 나가 있어서 다행이다~."

홀린 듯 넋을 잃고 바라보기도 하고, 어째서인지 뿌듯한 표정을 짓기도 하고, 또는 안도하기도 하고.

반응은 각각 달랐지만, 그래도 미노리를 자신들보다 한 수 위로 인정하는 분위기는 같았다.

"나는 그렇다 치고 무슨 이야기를 그렇게 재밌게 하고 있었어?"

"아……."

"아, 맞다! 그 이야기!"

아무것도 모르는 미노리가 너무나도 쉽게 화제를 원점으로 되돌리고 말았다.

아니지, 흐지부지 넘어가면 더 곤란한 문제니 차라리 다시 언급된 게 다행인가……?

"있잖아, 사쿠라이. 혹시 시라기 선배랑 사귀어?"

"……뭐?"

미노리가 북풍한설보다 더 차가운 눈으로 나를 바라봤다.

무슨 상황인지 설명하라는 무언의 압박이 느껴졌지만, 안타깝게도 지금 이 자리에서 나에게 발언권 따윈 없었다.

"이 사람이 그렇게 말해?"

"아니, 그건 아니지만 두 사람, 뭔가 되게 친근해 보여서."

"같은 중학교에, 거기다 같은 육상부였다며!"

"…………."

'그런 것까지 말했어?' 하고 시선으로 추궁한다……!

'말하다 보니 어쩔 수 없이……!'

하고 나 역시 눈빛으로 호소해 본다.

제대로 전해졌는지는 모르지만 미노리가 한심하다는 듯한 시선을 보냈다.

"이 사람도 그렇대?"

"음, 선배는 아니라고 했지만……."

"그럼 답은 나왔네."

칼같이 자르는 말에 방금까지 들떠 있던 여자애들이 조용해졌다.

“나 참…… 아니라고 똑바로 말해.”

“미, 미안.”

미노리는 이런 상황에서 가차 없이 말하는 성격이라 말투가 몹시 단호했다. 하지만 애당초 내가 제대로 설명하지 못해서 벌어진 일이었다.

미노리 말대로 내 문제로 받아들이고 반성해야 했다.

“뭐, 확실히 같은 중학교 출신에 같은 특활부였으니 친하긴 하지.”

“여, 역시 맞구나! 사쿠라이가 남자애들과 친하게 지내는 걸 본 적이 없어서 혹시나 했지!”

“맞아, 그래서 특별한 사이일까 싶어서…… 미안해, 사쿠라이.”

“사과할 필요 없어. 잘못은 전부 이 사람이 했으니까.”

“전부?!”

“응. 모두 오해하게 만든 것도, 지구 온난화도, 전부 다.”

뻔뻔한 표정으로 황당한 죄까지 뒤집어씌우는 미노리.

“그럼 네가 지금 그런 모습을 한 것도 내가 지구를 따뜻하게 만든 덕분이냐?”

“뭐래. 무슨 야한 생각을 하는 거야. 이 변태.”

“왜 그렇게 되는 건데!”

아주 살짝 잽을 날렸을 뿐인데 이런 상황에서도 엄청 묵직한 보디블로가 돌아왔다.

여전히 매서운 말 공격에 억지웃음을 짓고 있다가 불현듯 여자애들이 놀란 게 시야에 들어왔다.

“역시…… 그래 보이지?”

“응. 미야마에 앞도 아닌데 이렇게 즐거워 하는 사쿠라이는 처음 봐.”

“사귀지 않는다고는 했지만…….”

자기네끼리 몰래 말한답시고 소곤소곤 말하고는 있지만 무슨 이야기를 하는지 선명하게 들렸다.

그러고 보니 아카리한테도 지적받았지…… 역시 나랑 미노리의 거리감이 남들 눈에는 그렇게 보이는 걸까.

불안한 마음에 미노리를 보는데——하필 이 타이밍에 미노리는 심드렁한 얼굴로 갈라진 머리카락을 찾고 있었다. 대체 뭐지, 이 녀석.

“……아. 그러고 보니 아카리를 부르는 걸 잊고 있었네.”

미노리는 이제 생각났다는 듯이 그렇게 말하더니 입구 쪽으로 시선을 향했다.

“아카리, 들어와도 돼—.”

문이 힘없이 천천히 열리더니, 아카리가…….

“릿 짱…… 기다리다 지쳤어…….”

“미안. 신나서 그만.”

“뭐? 신났다고……?”

“와! 미야마에! 너무 귀엽다!”

“어어어어엄청 잘 어울려!!”

“사진 찍어도 돼? 사진!”

“어? 아앗! 자, 잠깐만 애들아!”

순식간에 여자애들이 몰려들어서 가려졌지만…… 코스프레, 한 거 맞지?

지금도 여자애들이 만든 벽 너머로 뾰족하게 솟은 모자 끝이 보였다.

미노리처럼 파격적인 모습이 아니라 좀 더 정통적인, 그러면서도 할로윈에 맞는——

"안 가 봐도 되겠어?"

"궁금하기는 한데…… 아, 근데 점원이 테이블에 앉아도 되냐?"

옆에 남아 있던 미노리가 장난스럽게 말을 걸었다.

평소와 다른 복장을 하고 있으니 보고 싶은 게 당연했다.

하지만 허둥지둥 달려가 볼 정도로 솔직한 성격도 아니라서—

"……아카리는 학교에서도 저렇게 지내?"

한심하게도 슬쩍 화제를 돌려 버렸다.

"저렇게가 어떻게인데?"

"너랑 있을 때처럼…… 사랑받고 있다고나 할까?"

"뭐, 일부한테 귀여움을 받고는 있지."

"일부?"

"저래 보여도…… 아니, 모토무 군도 봤겠지만, 아카리 스펙이 어디 보통이어야지. 성적은 늘 1등이고 운동도 그럭저럭 잘하고. 체력은 좀 애매하지만."

"아……."

"선생님들도 무척 신뢰하고, 인기도 많고, 고백도 많이 받고."

"…………."

"하하, 질투나?"

대놓고 던진 미끼를 덥석 물 바보는 없다.

나는 시선을 돌린 채 다음 말을 기다린다는 태도를 보였다.

“쳇.”

미노리가 재미없다는 듯이 한숨을 쉬었지만 무시하자, 무시!

“뭐, 아무튼. 너무 능력치가 뛰어나니까 선뜻 다가가지 못하는 사람도 많아.”

“아…… 뭔지 알 것도 같다.”

“게다가 아카리 본인도 좀 무게를 잡는 면이 있어서 말이야.”

“무게를 잡아?”

“필요 이상으로 어른스러운 척을 한다거나 어디 양갓집 규수라도 되는 양 도도하고 새침한 표정을 짓는다거나.”

“아하…….”

아카리가 처음 우리 집에 왔을 때도 그런 인상이었지.

흉내 내려고 애쓴다기보다 정말 좋은 교육 받고 잘 자란 아가씨 같이 느껴졌었다.

그때는 정말 아카리가 그런 아이라고 생각했어.

제대로 이야기를 나누고 상대에 대해 알려고 하지 않으면 본모습은 보이지 않는 법이니까.

“뭐, 예쁘장한 겉모습으로 숨기기엔 빈틈이 참 많은 애지만. 그런 점이 재밌긴 해.”

“릿 짱~!”

“아, 빠져나왔다.”

여자애들의 포위망을 뚫고 아카리가 눈물을 글썽이며 달려온다.

그 모습은 마치 동화 속에 나오는 마녀 같았다.

그렇지만 으스스한 분위기는 전혀 나지 않았다.

새까만 뾰족 모자, 새까만 로브를 걸친 그 모습은…… 그래, 아직 어린 견습 마녀 같달까.

어리고, 미숙하고, 옷 때문에 겨우 마녀라 인정을 받는 느낌…… 응, 귀엽다.

"봐 봐, 아카리. 모토무 군이 보고 있어."

"! 서, 선배……."

얼굴이 새빨갛게 달아오른 아카리.

미노리에게 울며 뛰어온 모습을 들켜서 그런 걸까? 아니면 단순히 코스프레 복장이 부끄러워서? ……아니, 둘 다겠지.

"잘 어울리네."

"하, 하나도 안 기뻐요! 왠지 어린애 같잖아요!"

솔직한 마음으로 칭찬했지만 본인은 불만족스러운 모양이다.

"그렇지 않아, 아카리."

"릿 짱이 말하면 괴롭히는 걸로밖에 안 들려!"

"근데 입기 싫다고 했잖아."

"그건 그렇지만……!"

어깨를 축 늘어트리는 아카리.

"최소 다섯 살 더 어렸으면 괜찮았을지도 모르지만…… 헉! 나 이러고 문화제를 돌라는 거야?!"

"어? 그런 거야?"

"아, 모토무 군은 모르지 참. 아카리는 코스프레를 한 상태로 학교를 돌면서 할로윈 카페로 사람들을 끌고 올 광고탑이 될 거야."

"이래 가지고 광고가 되겠어?! 그냥 웃기는 애로 보일 거라고!"

"그럴 리 없어. 그렇지?"

미노리가 눈짓을 하자, 여자애들도 열심히 고개를 끄덕였다.

이번만큼은 나도 미노리와 같은 의견이었다.

확실히 콘셉트 자체는 조금 유치하게 느껴질 수도 있지만, 워낙 모델이 좋으니까.

남녀 불문하고 지나가는 사람들은 그녀의 모습을 눈여겨 볼 테고, 대체 뭐 하는 건지 궁금해할 것이다.

그렇지만 꼬마 마녀 모습을 보고 할로윈 카페를 바로 떠올릴 수 있을지는——

"그리고 이걸 목에 걸면 완성."

역시 이미 계획이 다 있네.

할로윈 카페의 이름과 장소가 적힌 작은 간판을 마치 등번호처럼 가슴에 매달고 다니면 아카리가 일일이 홍보할 필요가 없지.

"으으~~~~!"

문화제 참가자도 아닌 사람에게 홍보를 맡기는 모습이 뻔뻔하다가도 은근히 배려하는 부분도 있어서, 아카리도 쉽게 불만을 토로할 수 없는 눈치였다.

내가 그 맘 잘 알지. 나도 스바루에게 말로 구슬려져서 몇 번이나 이용당했으니…… 아주 잘 안다.

"자자, 미야마에. 협력해 줘서 고맙다는 뜻으로 오늘 먹는 건 다 공짜야!"

"고, 공짜……!"

아, 흔들렸다.

함께 살면서 알게 된 거지만, 아카리는 상당히 서민적인 금전 감각을 가지고 있었다.

집은 부자지만 아카리 본인은 근검절약을 잘하고 특가나 무료라는 말에 매우 약하다.

"코스프레뿐만 아니라 음식이랑 음료에도 신경 많이 썼거든. 사쿠라이가 애써 준 덕분에 의상 비용도 많이 줄일 수 있었고 말이야!"

"에헴."

"그랬구나…… 역시 릿 짱……!!"

아카리의 입에서 침이 후르륵 흐른다.

아, 이거 완전히 함락당했네.

"어, 어쩔 수 없네. 이건 진짜 어쩔 수 없는 일이야……."

아카리는 잔뜩 풀어진 얼굴로 중얼거리더니 곧장 케이크를 주문했다.

그렇지만 '세상에 공짜보다 비싼 건 없다'는 말이 있다.

아카리가 지금 무료 케이크를 먹으면 나중에 후회한다 해도 광고탑 역할을 그만둘 수 없게 되겠지…….

'뭐, 상관없나.'

솔직히 이렇게 귀엽게 차려 입었는데 바로 벗는 건 아깝다는 생각이 들었다.

아카리는 부끄럽고 갑갑할지도 모르지만 내 개인적인 욕심을 우선하자면 이대로 먹게 내버려 두는 게——

'……이러면 덩달아 나도 매수된 셈이네.'

그렇게 자조하면서도 나는 조용히 아카리를 지켜봤다.

제5화 친구의 여동생과 문화제를 즐기는 이야기

그로부터 30분 정도 지나 우리는 할로윈 카페를 나왔다.

"후…… 근데 릿 짱, 진짜 대단했어요."

"응, 그러게."

나오기 직전에 호객을 하러 나간 남학생들이 손님들을 끌고 돌아왔었는데, 너 나 할 것 없이 모두 미노리의 모습에 놀라 굳어졌다.

하지만 그렇다고 야하다고 클레임이 들어오지는 않았다. 남자고 여자고 넋을 잃고 바라만 봤으니…… 확실히 대단했다. 대단하다고밖에 표현할 수 없었다.

"우리도 공짜로 먹고 마셨으니까 열심히 돌아다니면서 홍보해 봐요!"

"으, 응."

아카리는 꼬마 마녀 같은 모습 그대로 의욕을 내 보였다.

이러니저러니 해도 친구들을 응원하고 싶은가 보다.

……참고로 내 음식값은 받았지만 이건 입 다물고 있는 게 좋을 거 같다.

뭐, 나는 아무것도 하지 않았으니 기꺼이 냈지만.

"아카리는 어디 가 보고 싶어?"

“음, 글쎄요. 케이크를 많이 먹었으니 먹거리 쪽은 굳이 안 가도 될 거 같고…….”

“아하하, 진짜 열심히 먹더라.”

“윽! 오늘만이에요! 내일부터는 다이어트할 거니까!”

아카리는 공짜라는 걸 핑계 삼아 케이크를 세 조각이나 먹었다.

가게 안에 있던 애들도 살짝 놀라기는 했지만 그 정도는 먹을 거라고 미리 짐작하고 있었는지 곧 아무렇지 않아 했다.

“그럼 음식 쪽은 피하자. 마침 점심때라 붐빌 거 같고.”

“네! 아, 저, 가 보고 싶은 데가 있는데요……!”

그렇게 말한 꼬마 마녀 아카리를 따라 내려간 곳은——건물 3층에 위치한 귀신의 집이었다.

“전에 선배들이 했던 귀신의 집에 대해 얘기해 주셨잖아요. 그래서 궁금해졌어요.”

“그 얘길 들으니 나도 궁금해지네.”

그렇게 해서 우리는 바로 줄을 섰다.

3층이라는 좋은 입지. 게다가 홍보도 잘 됐는지 꽤 긴 줄이 생길 정도로 북적였다.

그리고 아카리처럼 코스프레를 한 학생들을 여기저기서 찾아볼 수 있었다.

그러고 보니 내가 다닐 때도 이랬던 것 같네.

귀신의 집을 홍보하겠답시고 너덜너덜해진 기모노를 입고 돌아다니던 반 친구도 있었다.

그러니 꼬마 마녀 아카리도 저들과 비슷한 수준이라면 눈에 띄지 않아야 맞는 건데——

"재 좀 봐."

"우와, 완전 귀엽다!"

"오, 할로윈 카페래. 재밌어 보이는데?"

역시 모델이 좋아서 그런지 확실하게 눈에 띄었다!

"으으…… 역시 다들 쳐다보네요……."

그 시선을 가장 잘 느끼는 사람은 다름 아닌 아카리였다.

아카리는 오들오들 떨면서 조금이라도 더 내 뒤에 숨고자 몸을 가까이 붙였다.

평소 같았으면 시선 따위 대수롭지 않게 넘겼을 텐데. 익숙지 않은 코스프레 때문에 더 민감하게 느끼는 걸까.

그런 반응이 재밌고 사랑스러워서…… 조금 놀리고 싶어졌다.

"아카리가 귀여우니까 다들 쳐다보는 거 아냐?"

"네에?!"

설마 내가 이런 말을 할 줄 몰랐다는 듯 아카리가 얼굴을 새빨갛게 물들이며 펄쩍 뛰었다.

"노, 놀리지 마세요!"

"놀리는 거 아닌데. 사실인데."

"……그거 혹시 이 모습이 어린애 같다는 뜻이에요?!"

순간 깨달았다는 듯이 뾰로통한 표정을 짓는 아카리.

그런 아이 같은 모습도 귀여웠다…… 아, 아카리한테 이 옷을 입히자고 한 사람은 천재가 틀림없어.

사람들이 오가는 장소라 대화만 하고 있지만, 만약 둘만 있었다면 머리가 엉망이 될 때까지 쓰다듬어 주고 싶은 충동이 울컥울컥 솟았다.

"으…… 릿 짱도 선배도, 나를 너무 어린애 취급하는 거 아녜요? 몇 번이나 말하지만 저 선배랑 한 살밖에 차이 안 난다고요. 그리고 릿 짱이랑 나란히 서 있지만 않으면 제 나이로 봐 주고요…… 릿 짱이랑 같이 있으면 좀 그렇지만."

무언가 겪은 게 있는지, 말끝이 많이 뭉개졌다.

"무슨 일 있었어?"

"전에 릿 짱하고 같이 쇼핑 갔다가 '혹시 동생이야?'라는 말을 들은 적이 있어요. 물론 릿 짱하고 같이 있으면 나도 모르게 의지하는 경향이 있긴 하지만…… 누가 그렇게 어른스러우랬나요?"

"잠깐만."

"네?"

나는 아카리의 말을 끊었다.

그녀와 미노리의 에피소드에 관심이 없는 것은 아니었다.

그렇지만 그보다 더 신경 쓰이는 부분이 있었다.

"말을 들었다니, 누구한테?"

"예?"

미노리와 쇼핑했다는 건 둘이 갔다는 뜻인데.

갑자기 자매니 뭐니 하며 말을 건 사람이 있다는 건 틀림없이—

"다음 분 들어오세요~!"

"아……."

그 부분에 대해 물으려는 순간, 때마침 앞에 있던 손님들이 다 빠지고 우리가 입장할 차례가 되었다.

"그, 그럼 들어갈까?"

"네, 네……."

이야기가 끊기고 아카리도 조금 석연치 않은 기색이었지만, 그녀는 조용히 고개를 끄덕이며 따라왔다.

그리고 귀신의 집 입구를 지나면서 나는 격렬한 자기혐오에 휩싸였다.

'아, 바보 같기는. 왜 이렇게 부아가 치미는 거지……!'

아카리의 이야기를 듣고 그 장면을 상상하다가 혼자서 자기 멋대로 기분 나빠하고.

조금만 더 있었으면 그 감정을 아카리에게 날것 그대로 쏟아낼 뻔했다.

'한심한 새끼. 못난 놈. 부끄러운 놈…….'

자기혐오가 점점 몸집을 부풀리며 온몸을 짓누를 것만 같았다.

딱히 화가 난 건 아니다.

그저…… 뭐라 말로 표현할 수가 없었다.

"서, 선배?"

"! 응, 왜?"

"아, 아뇨…… 그…… 왜, 왠지 생각보다 분위기가 제대로다 싶어서……."

그 말에 나는 처음으로 귀신의 집 내부를 둘러봤다.

아카리의 말대로 잘 만든 곳이었다.

전체적으로 어둡고 음산한 BGM이 흐르며, 모퉁이나 암막을 설치해 앞이 잘 안 보이게 한 것이 기본을 충실하게 지킨 것 같았다.

……스바루한테 들은 바에 의하면 말이다.

무서운 것을 싫어하는 아카리라면 이 분위기만으로도 충분히 무서울 것이다.

"죄, 죄송한데요, 선배. 걷기 힘들겠지만 그……."

팔에 매달리는 아카리는 어둠 속에서도 보일 만큼 얼굴이 새파랗게 질려 있었다.

그런 그녀에게 나는 무심코――

"손, 잡을까?"

그런 제안을 던졌다.

"네?"

"아, 아니…… 그러면 좀 진정되지 않을까 싶어서."

"괘, 괜찮겠어요……?"

"당연하지."

그렇게 고개를 끄덕인 뒤 그녀의 손을 잡았다.

아카리와 사귀고 있다는 사실을 숨기는 편이 좋다는 것을 알고 있다.

그것이 그녀를 위해서이기도 하고…… 하지만 그와는 정반대의 욕망이 가슴속에서 소용돌이쳤다.

'아카리가 내 것이라고 외치고 싶다는, 그런 이기적인 욕망이.'

이런 내가 한심하게 느껴진다.

이런 마음을 아카리가 안다면 환멸을 느낄까.

그녀를 위해서라는 구실로 손을 잡은 게, 사실은 내 불안을 잠재우기 위해서였다는 것을 알게 된다면…….

"원~통~하~도~다~――."

"꺄아아아악!"

……뭐, 지금 보니 다른 데 신경 쓸 만한 여유는 없어 보이네.

◇◇◇

“허억, 허억…… 뭐, 뭐 고등학생이 만든 것치고는 그럭저럭 괜찮았네요…….”

몇 분 뒤, 귀신의 집을 빠져나온 아카리가 상투적인 감상을 늘어놓았다.

“손수건 빌려줄까? 땀이 엄청나.”

“구, 굳이 말해 주지 않아도 알아요! 손수건은 감사히 잘 쓸게요.”

다른 사람들에게 방해가 되지 않도록 복도 구석으로 자리를 옮기고, 아카리가 호흡을 가다듬을 시간을 줬다.

확실히 귀신의 집은 제법 퀄리티가 높았다.

좁은 교실이라는 조건하에도 놀랠 포인트를 여기저기 잘 채워 넣었고, 다른 손님들의 비명도 여기저기서 들려왔고.

우리가 들어갔을 때보다 대기 줄이 더 길어진 것으로 보아 짧은 시간 안에 입소문이 많이 퍼진 것을 알 수 있었다.

스바루가 봤다면 경쟁심에 불타올랐겠네.

“여기 손수건이요. 빌려주셔서 감사합니다…….”

“별 말씀을.”

“선배는 귀신의 집 어땠어요?”

“아…….”

거의 딴생각만 했다고는 차마 말하기 어려운데…….

그렇게 생각하고 있는데, 아카리가 슬쩍 짓궂은 미소를 지으며 이쪽을 바라봤다.

"선배도 사실 무서웠던 거죠?"

"응?"

"맞잖아요. 귀신의 집에서 제 손을 꼭 잡고 있었으면서."

"아니, 그건……."

……아무래도 눈치채고 있었던 모양이다.

하지만 사실 귀신의 집이 무서워서가 아니라…….

"아녜요? 그럼 왜……?"

말할 수 없다.

말하면 분명 어이없어 할 거다.

심하면 환멸을 당하거나 싫어하게 될지도 모른다.

'모르겠어…… 왜 이렇게 미치도록 불안한 건지…….'

생각해 보면 이 문화제에 오고 나서부터 이랬다.

아카리와 학교 건물 안을 같이 다니면서 즐거웠지만, 그것과는 별개로 점점 불안이 커져 갔다.

"어? 미야마에 선배?"

"아, 오오바! 아, 선배. 같은 위원회 친구인데……."

"응, 신경 쓰지 말고 얘기 나누고 와. 기다릴 테니까."

"감사합니다. 금방 올게요!"

그렇게 말한 아카리는 말을 건 여자애가 있는 쪽으로 빠르게 걸었다.

대화 내용은 들리지 않지만 대충 분위기를 보아 하니 우연히 만난 걸 기뻐하면서 아카리의 모습에 대해 이야기하는 것 같았다.

'미야마에 선배라…….'

오오바라고 불린 아이가 1학년인지 2학년인지까지는 모르겠지만 그녀에게 아카리는 선배구나.

당연히 아카리를 보는 시선이 연상인 나와 다를 테지…… 나는 그런 아카리를 모르고.

오오바뿐만이 아니다. 이 학교에서, 이 문화제에서 스쳐 지나간 학생들 중에는 내가 모르는 일상 속의 아카리를 아는 사람이 여럿 있다.

당연한 일이었다. 새삼스러운 얘기였다. 그런데.

'그 당연한 사실에 이렇게나 애가 타다니……!'

내가 아는 아카리는 극히 일부. 이 여름에 만난 아카리뿐이다.

그 외의 아카리를 나는 모른다.

그 사실을 이제야 깨닫다니.

"선배, 많이 기다리셨죠!"

"아니. 볼일은 다 봤고?"

"네. 그냥 우연히 마주친 것뿐이라서요."

활짝 웃는 아카리에게 문득 물어보고 싶어졌다.

무슨 이야기를 했냐고…… 하지만 그런 걸 물어보는 건 지나친 간섭이다.

나는 의문을 꾹 눌러 삼키고 웃는 낯으로 감췄다.

오늘은 아카리가 열심히 노력한 것에 대해 상을 주는 날이다.

내 기분보다 아카리가 재밌게 즐기는 게 더 중요해.

"자, 그럼 이제 어디를 가 볼까요?"

"아카리가 가고 싶은 곳으로 가. 따라갈게."

"어디가 좋을까요…… 아직 배는 안 고프니까 눈에 보이는 대로 하나씩 돌아다녀 볼까요?"

"그러자."

아카리의 웃는 얼굴에 안심하며 나는 아카리와 나란히 걸음을 옮겼다.

◆◆◆

이렇게 학교 안을 선배와 같이 걷고 있으니 왠지 신기한 기분이 들었다.

왜냐하면 교내에서 본 선배는 언제나 손에 닿을 수 없는 사람이자 동경의 대상이었으니까.

복도에서 우연히 스쳐 지나가거나, 수업하다가 운동장을 내려다볼 때 가끔 체육 수업을 하는 모습이 보이거나, 오빠에게 도시락을 가져다주는 척하며 말을 걸거나…… 그 정도의 인연만 허락된 사이였다.

당연히 같이 문화제를 즐기는 일 따위 있을 리 없었다! 하지만 늘 꿈꿔 왔었는데…….

'그게 지금 현실이 되어 버렸어……!'

선배가 졸업한 이상 절대로 이루어질 리 없는 꿈이었다. 상상조차 하지 못했다.

릿 짱이 등을 떠밀어 주지 않았다면 이런 생각은 하지도 못했을 거다.

꿈이 아닐까 몇 번이나 의심할 정도로 즐겁고 행복한 시간.

'……그런데.'

옆에 있는 선배를 힐끗 훔쳐본다.

"오…… 이거 직접 만들었나 봐. 대단한데?"

지금 우리는 미술부 작품전에 와 있고, 선배는 부원이 만든 미니어처 모형을 뚫어지게 바라보는 중이다.

지금은 평소와 다름없는 선배인데…….

하지만 가끔 선배는…… 뭐라고 할까, 마음이 딴 데 가 있는 듯한 모습이라고 할까? 뭔가 딴생각을 하느라 온전히 즐기지 못하는 느낌이 들었다.

내 착각이라면 다행인데……

"전부 굉장했어. 나같이 뭘 모르는 사람들은 전문가가 했다 해도 믿을 거 같아."

"맞아요, 저도 깜짝 놀랐어요."

작품전 교실을 나오면서 선배는 나에게 감상을 들려주었다.

억지로 하는 말이 아니라 선배의 진심이 담긴 게 느껴져서 나 역시 기뻤다.

"그럼 다음에는 어디를 갈까? 아카리, 가고 싶은 데 있어?"

"음……."

이 층에서 열린 행사는 웬만큼 다 돌아봤다.

이제 간다면 위층이나 운동장 부스, 체육관 무대 정도려나.

그렇게 생각하면서 팸플릿을 뚫어져라 보지만…… 딱히 눈에 들어오는 곳이 없었다.

"선배는요? 어디 가고 싶은 데 없어요……?"

"나는…… 나는 신경 쓰지 않아도 돼. 오늘은 아카리에게 상을 주는 날이니까."

선배가 조심스럽게 웃어 보인다.

왠지 한 발짝 거리를 두는 것 같아서 가슴이 꽉 조여 오는 통증이 느껴졌다.

'선배는 사실 문화제에 오기 싫었던 게 아닐까…….'

아주 작은 위화감만으로도 그런 생각을 해 버리다니, 아무래도 내가 좀 예민해진 것 같다.

하지만 선배는 원래 오늘까지 여기 남을 생각이 없었다.

그런 사람을 내가 문화제에 같이 가고 싶다고 붙잡아서…….

내가 릿 짱이 준비한 테스트에서 좋은 성적을 거두면 문화제에 가겠다는 조건은 선배가 걸었지만, 그건 그냥 나를 생각해서 그렇게 말해 준 것뿐일지도 모른다.

"아, 저기, 선배."

"응?"

"……아무것도 아녜요! 조금 출출해졌는데 가볍게 뭐 좀 먹으면서 돌아다닐까요?"

"응, 그러자."

……말할 수 없다. 물어볼 수 없다.

내가 느낀 위화감이 단순히 착각일지도 모르니까.

쓸데없는 걸 물었다가 최악의 결과를 초래한다면…….

그게 두려워서 나는 의심을 꾹 눌러 삼켰다.

◆◆◆

운동장으로 나오자 운동부를 중심으로 한 부스들이 우리를 맞이했다.

학교 정문부터 이어진 이곳은 마치 축제 날처럼 활기가 가득해서 가슴이 마구 두근거렸다.

이게 바로 문화제지!

——꼬르륵.

"앗……!"

"아하하, 이제 완전히 소화가 다 됐나 보네."

"으……!"

배에서 제멋대로 난 소리를 듣고 선배가 가볍게 나를 놀렸다.

그게 부끄러우면서도 동시에 편안하게 대화를 할 수 있는 게 기쁘고…… 소녀의 마음은 참 복잡하다.

"그러고 보니 선배가 있던 육상부도 부스 운영하죠?"

"응. 올해는 소시지 구이라고 적혀 있었어."

"적혀 있었다니, 팸플릿에요? 직접 물어본 건 아니고요?"

"아하하…… 우리 부는 워낙 체계가 없어서 졸업생들하고 교류 같은 건 거의 안 하거든. 오늘도 갑자기 찾아가면 애들이 놀랄지도 몰라."

선배가 머쓱한 듯 뺨을 긁는다.

혹시 긴장하고 있는 걸까?

선배 입장에서는 몇 안 되는 지인과 얼굴을 마주하는 곳일 테니.

"뭐, 그래도 여기까지 와서 안 가 보는 것도 그러니 잠깐 얼굴 비치고 가도 될까?"

"그럼요!"

거절할 이유 같은 건 당연히 없었다. 무엇보다 선배가 먼저 '가고 싶다'고 말해 준 게 기뻐서 나는 힘차게 고개를 끄덕였다.

"보자, 앗! 소시지 구이! 저기예요!"

나는 부스를 발견하자마자 그대로 달려갔다.

"저기~."

"오! 육상부 특제 소시지 구이 좀 맛보고 가세요! 꼬마 마녀님……? 가만? 엇?! 혹시 미야마에?!"

부스 앞에 서 있던 남자애가 나를 보고 눈을 동그랗게 떴다.

음, 어디선가 본 거 같은데……?

"나 미야케야! 옆 반 미야케!"

"아…… 미야케?"

"하아…… 확실히 같은 반은 된 적이 없지만 말이야."

어깨를 축 늘어뜨리는 미야케. 그래, 분명히 미야케였어…… 맞나?

그렇게 부르는 걸 들은 적이 있는 것 같다.

"우와, 이제 생각났다는 얼굴이네. 그래도 오늘을 계기로 꼭 기억해 줘라!"

"으, 응. 미안해."

미야케는 씩씩한 표정을 지으며 엄지를 척 들어 올렸다.

밝고 활기차고…… 조금 상대하기 힘든 성격일지도. 적어도 릿짱과는 잘 안 맞을 것 같다.

"뭐예요, 미야케 선배! 엄청 귀여운 사람이네요?!"

사람이 늘었다.

이번에는 진짜로 본 적 없는 남자애였다.

"얌마, 선배 상대로 그 무슨 실례냐?"

"선배……라면 미야케 선배랑 동갑이네요? 헉, 그럼 여친?! 설마 여친이에요?!"

"미쳤나, 이게! 그런 거 아냐!"

……왠지 분위기가 떠들썩해졌다.

이런 상황을 나는 별로 좋아하지 않는다.

눈앞에서 신나게 떠들어 봤자 나는 조금도 재밌지 않은 데다 어떻게 반응해야 할지도 모르기 때문이다.

그만하라고 하고 싶지만 그러면 쓸데없이 진지하다, 분위기 파악을 못한다, 그런 소리를 듣게 되고, 더 나아가 허튼 소문까지 돌게 되면서…… 결국 나만 불쾌해진다.

아아, 어쩌지. 오늘은 선배도 함께 있는데——

"미야케."

"응? 앗! 모토무 선배?!"

순간 선배가 나를 감싸듯 앞으로 나섰다.

"상대가 곤란해하는 거 안 보여? 장난은 그쯤 해 둬."

어이없다는 말투이긴 한데…… 선배, 지금 화난 걸까?

어쩐지 공기가 팽팽해진 것 같은 느낌에 나도 모르게 선배를 올려다봤다.

"아…… 미야마에 미안하다! 야, 너도 장난이 지나쳤어!"

"죄, 죄송합니다……."

미야케와 그의 후배가 사과를 했다.

선배에게 혼나서 형식적으로 사과하는 느낌은 아니었다.

뭐랄까, 생각보다 조용하게 마무리가 됐다.

아니, 선배가 그렇게 되도록 유도해 준 거야.

먼저 달려 나간 나를 쫓아오고, 빠르게 상황을 파악하고, 그러고 나서 뒤끝이 남지 않게 정리해 주고…… 너무 과대평가한 것일지도 모르지만, 선배라면 아무렇지 않게 그렇게 할 거 같았다.

"근데 모토무 선배, 어쩐 일로 여기에 오셨어요?"

"이 친구 따라 다니는 중. 같이 문화제에 왔는데 온 김에 여기 잠깐 얼굴 좀 비치고 가려고 했지."

"네? 선배랑 미야마에가……? ……아! 그러고 보니 미야마에가 스바루 선배 동생이죠, 참! 괜히 이상하게 반응해서 죄송합니다!"

순간 사귀는 거 아니냐는 의혹의 시선이 떠올랐지만, 방금 막 한 소리를 들은 미야케는 굳이 묻지 않고 자체적으로 다른 결론을 내리며 넘어갔다.

뭐, 사실은 진짜로 사귀고 있는 게 맞지만!!

"아, 맞다. 모토무 선배, 이쪽은 이번에 들어온 1학년이에요."

"어쩐지 못 보던 얼굴이더라니."

"사카모토 이분은 작년에 졸업한 시라기 모토무 선배야. 우리 부에 어울리지 않게 엄청 빠르셨지!"

"아, 안녕하세요, 사카모토입니다! 잘 부탁드립니다!"

"아 그렇게 격식 차리지 않아도 돼. 잘 부탁한다."

그렇게 인사를 한 세 사람은 자연스레 육상부 이야기를 나누기 시작했다. 나는 조용히 반 발짝 물러서서 그 화기애애한 모습을 지켜봤다.

'즐거워 보이네, 선배.'

선배는 후배들과 대화하는 내내 동성 친구들 앞에서나 보일 법한 천진한 미소를 짓고 있었는데, 그 모습이 훈훈하면서도 내 앞에 있을 때와 미묘하게 달라 조금 씁쓸한 마음이 들었다.

내 앞에서도 지금처럼 무방비한 모습을 보여 주면 좋을 텐데.

자연스러운 모습이라 할까, 힘을 뺀 모습이라 할까…… 그래! 노아처럼!

예를 들면……

'선배~ 밥 다 했어요~.'

'응…….'

'아이, 선배도 참! 맨날 스마트폰만 붙잡고 있고. 그러다 돼지가 돼도 난 몰라요!'

'으응…….'

'꺅! 선배, 갑자기 껴안으면 어떡해요! 모습은 이게 또 뭐고요. 정말이지, 내가 없으면 안 된다니까요.'

'아카리…….'

'선배. 저는 어디 안 가요. 선배 옆에 꼭 붙어서 매일 착하다, 착하다, 하고 머리 쓰다듬어 드릴게요♪'

……라는 식으로.

"너무 앞서 갔나…… 헤헤……."

나도 모르게 그만 행복한 망상에 빠져 버렸다.

근데 반려동물은 주인을 닮는다는 말이 있으니 반대도 있을지도?

노아는 누가 봐도 선배에게는 빈틈투성이고 애교를 많이 부린다. 그런 모습이 선배에게도 있다면, 그리고 그게 나를 향한다면 얼마나 좋을까…… 잠시 그런 생각이 들었다.

"앗, 모토무 선배!"

"……응?"

갑자기 선배를 부르는 여자애 목소리가 고막을 울렸다.

"어? 카시모토? 뭐야, 올해도 여자랑 합동 부스 냈어?"

"네! 그렇게라도 하지 않으면 다른 부랑 경쟁이 안 되니까요!"

"미야케, 진지하게 경쟁할 생각이라면 소시지 퀄리티부터 올려야 하지 않아? 이거 슈퍼에서 상시 판매하는 대용량 소시지잖아."

"아, 선배. 그걸 말하면 어떡해요! 영업 방해라고요!"

"맞아요, 맞아! 잠깐만, 모토무 선배, 저 무시하지 말아 줄래요?!"

"아, 미안, 카시모토. 무시하려던 건 아니었어."

서, 선배에게 앙탈을 부리며 들이대는 저 여자는 대체 누구지……?!

아니, 분위기상 여자 육상부 학생인 건 알겠는데!

"이 시간에는 셋이서 부스를 지키는 거야?"

"아, 저는 수험 공부하다가 기분 전환할 겸 놀러 온 거예요."

"모토무 선배가 올 줄 알았다면 좀 더 꾸미고 올걸."

"꾸미고 오다니…… 어차피 운동복 입어야 하잖아."

"미야케 선배 너무해요! 그러니까 여자애들한테 인기가 없는 거라고요!"

"지금 그 얘기가 왜 나와?! 아니, 그보다 인기 없다고 단호하게 말하지 말아 줄래?!"

카시모토라는 여자애가 끼어들면서 분위기가 한층 더 시끌벅적해졌다.

그리고 나는 완벽하게 공기 취급…… 뭐, 일부러 기척도 죽이고 있으니까 상관은 없지만.

괜히 눈에 띄어서 저 무리에 껴 봤자 억지웃음만 짓고 있을 테니까…… 하지만 카시모토와 선배의 거리감은 영 못마땅했다!

선배는 늘 그렇듯 둔감해서 전혀, 눈곱만큼도 알아채지 못하고 있지만, 카시모토란 여자애는 의도적으로 선배에게 들이대고 있는 게 훤히 보였다.

아마 좋아한다거나 그런 거까지는 아니고, '찔러 봤다가 잘되면 좋고.'라는 느낌이 강했다.

'으으~……!'

답답하다. 선배는 내 남자 친구인데!

하지만 그렇다고 여기서 그걸 폭로해 버리면 마치 선배를 자랑하려고 사귀는 것처럼 보일까 봐 주저하게 된다.

"아, 미안하다. 일행을 너무 오래 기다리게 했네. 나는 슬슬 가 볼게."

"아, 뭐예요~ 난 이제 막 왔는데…… 응? 꼬마 마녀?!"

"맞다, 미야마에가 있었지. 계속 얘기만 해서 미안해……."

"아냐, 괜찮아."

그런 것보다 또 속이 답답해지려던 차에 선배가 딱 마무리를 해 준 게 더 놀라웠다.

여자애들의 마음(나 포함)에는 둔감한 사람이 지금은 나를 제대로 보고 있는 게 기뻐서…… 괜히 얼굴이 붉어졌다.

"아, 선배. 소시지 좀 사 가세요!"

"맞다. 그럼 두 개 줘. 거기 이미 구워 놓은 걸로 줘도 돼."

"넵!"

그 뒤로는 아주 빠릿빠릿하게.

선배는 계산을 마치고 케첩과 머스타드를 뿌린 소시지 두 개를 받아 들었다.

"그럼 우리는 이만 갈게. 다른 애들한테도 안부 전해 줘."

"넵! 감사합니다!"

그렇게 짧고 간결한 대화만 주고받은 뒤 선배는 육상부 부스를 떠났다.

물론, 나도 그 뒤를 따랐다.

"더 있다 안 가도 괜찮으시겠어요?"

"지금도 이야기가 너무 길어진 거야. 잠깐 얼굴만 비친다고 했는데 미안해."

선배는 땅이 꺼져라 깊게 한숨을 쉬더니, 조금 피곤한 듯 웃었다.

"혹시 피곤하세요?"

"아…… 그런 건 아니고. 그냥…… 아까처럼 선배 행세를 하는 게 좀 힘들어서 그래."

"네? 진짜요?"

"의외인가 봐? 난 대체 어떤 사람으로 보이는 거지……."

선배가 쓴웃음을 지으며 소시지 하나를 내밀었다.

갓 구운 건 아니지만 아직 따뜻했다.

"기본적으로 후배들이랑 어울리는 건 스바루가 주도했고 나는 따라다니는 정도였어. 뭐, 좋은 선배는 아니었지. 중학교 때도 거의 미노리랑만 어울렸고."

그랬구나…….

나에게 선배는 초등학생 때 캠프에서 만난 그 '모토무'다.

엄청 의지가 되고, 멋있고, 반짝반짝 빛나고…… 솔직히 지금도 별반 달라지지 않았다.

물론 그런 멋져 보이던 모습 말고도 의외로 허술하거나 귀여운 면도 많이 알게 됐지만…… 그래도 나에게 선배는 여전히 이상적인 선배다.

"그리고 아카리도 지루해하는 거 같아서."

"그, 그렇지 않아요!"

"정말? 얼굴에 다 쓰여 있던데?"

"윽……!"

다 들켜 버렸다.

그리고 '정곡을 찔렀다!!'라는 반응까지도 고스란히 읽히는 바람에 선배가 웃음을 빵 터트렸다.

"하하하! 아카리, 너무 알기 쉬운 거 아냐?"

"서, 선배 앞에서만 그래요!"

맞는 말이다. 선배 앞에서 나는 평소보다 더 나다워진다.

보통은 잘난 척을 하거나 감추거나 무언가를 가장하거나 하고…… 또 사실은 그런 좋은 모습들만 보이고 싶지만, 무의식중에 봐 줬으면 하는 '진짜' 내가 나와 버리는 것 같다.

내가 생각해도 참 이기적인 마음이다. 정말 너무 잘 안다.

"정말이지, 보일 때는 너무 잘 보이네……."

"응? 지금 뭐라고 했어요, 선배?"

"아, 아냐! 그…… 맞다. 소시지만 가지고는 성에 안 찰 테니 다른 곳도 돌아보자고."

"지금 뭔가 얼버무렸죠?"

"아니? 안 그랬어. 정말이야."

"정말……."

얼버무렸으면서, 하고 삐진 표정을 지어 보였지만 선배는 생글생글 웃기만 한다. 분명 왜 그러는지 다 알면서!

하지만 뭐랄까…… 선배의 어깨에서 힘이 쭉 빠진 것 같은 느낌이 들었다.

한집에서 같이 살던 그때처럼 자연스러운 모습으로 돌아온 거 같아 덩달아 나도 웃음이 나왔다.

굳이 한 가지 불만을 꼽자면…… 역시 너무 무방비해!

아까 카시모토라는 여자랑 말할 때도 그러고.

지금도——

"어? 시라기 선배 맞죠?"

"엇? 축구부 매니저였던…… 오무라였나?"

"와, 맞아요! 몇 번밖에 이야기 못했는데 기억해 주다니!"

……으으으.

그 뒤로도 부스를 지나갈 때마다 선배에게 말을 걸었다. 그것도 대부분 여자들이!

그야 물론 운동부끼리 교류가 있어도 이상하지는 않지만, 다른 부에 학년도 다른 매니저의 이름까지 기억하고 있다니…… 상대방 입장에서 보면 기쁜 일이고 선배가 좋은 사람이라는 증거지만, 어쩐지 마음은 복잡했다.

'정작 나는 잊어버렸으면서.'

선배는 나를 '미야마에 스바루의 여동생'으로 만났다 생각하겠지만 사실 그보다 훨씬 전에, 오빠보다 먼저 만났는데!

'……이제 와서 밝힐 생각은 없지만.'

나에게 그건 아주 소중한 추억이었다.

얼마 전까지는 알려 줘도 기억 못 하면 어쩌지 싶었지만, 선배와 사귀게 된 지금은 나만 아는 보물로 남겨 둬도 좋겠다는 생각이 들었다.

"많이 기다렸지? 사 왔어."

"감사합니다, 선배. 다음에는 제가 사러 다녀올게요."

"……아냐, 내가 갈게. 이번에는 내가 쏠 거니까."

"하지만……."

"괜찮다니까."

그 후로도 선배는 한사코 양보하지 않았다. 나는 여자들이 선배에게 말을 거는 모습을 보고 답답함을 느끼다가도, 선배가 나를 위해 무언가를 해 주는 다정함에 뭉클해하기도 했다. 그저 기다리고 있기만 했는데도 무척 바쁜 하루였다.

◆◆◆

"와, 맛있어요!"

"응, 그러게."

부스에서 여러 종류의 음식을 산 뒤 우리는 운동장에 마련된 취식 공간에 앉아 전리품을 즐겼다.

이것저것 둘러보느라 처음에 산 건 많이 식었지만, 그래도 충분히 맛있었다.

"딱히 좋은 재료를 쓴 것도 아닌데……."

"후후, 이런 곳에서 먹으면 뭐든 더 맛있게 느껴지는 법이잖아요."

소시지 구이, 야키소바, 타코야키, 닭강정, 그리고 초코바나나.

매우 흔한 메뉴들이지만 전부 맛있었고, 문화제 느낌이 물씬 나서 무엇보다 즐거웠다.

이런 행사에 오면 분위기에 취해 이런 정크 푸드를 잔뜩 먹고 나중에 후회하게 되지.

그런 면에서 보면 불꽃놀이 축제 때 선배와 함께 갔던 그곳이 노점도 별로 없어서 딱 좋았을지도.

"후훗."

"왜 그래?"

"불꽃놀이 축제 때가 생각나서요."

"아아……."

선배도 부드럽게 미소를 지었다.

그날, 부끄러운 모습도, 한심한 모습도 많이 보였지만…… 그래도 그날이 있었기에 지금 우리는 연인이 될 수 있었다.

지금도 이렇게 선배 곁에 있을 수 있는 거다.

그날은 의심할 여지없이 내 인생 최고의 날이었다.

"나 역시 지금도 생각나."

"선배도요?"

나도 모르게 목소리가 높아졌다.

"응. 아카리가 갑자기 도망쳐 버린 일이라든가."

"아앗……?!"

같은 마음이라 해 놓고 왜 하필 그런 부끄러운 장면을 콕 집어 말하는 거야!

얼굴이 화끈거린다! 새삼 언급하니 한없이 부끄럽고 미치도록 한심하게 느껴진다.

아아, 어째서 그날 하루를 좀 더 멋지게 보내지 못했을까!

"그, 그건 잊어 주시면 안 돼요……?"

"응, 안 돼. 잊을 수 없어, 절대로."

선배는 미소를 지으며 나를 똑바로 바라봤다.

――아, 이 사람은 진심으로 눈앞에 있는 사람을 좋아하는구나.

그걸 확실히 알 수 있을 정도로 애정이 가득 담긴 눈동자.

그리고 그 눈동자에 비치는 사람은 다름 아닌 나…….

심장이 아플 정도로 쿵쿵 뛰었다.

"…………."

"…………."

선배는 아무 말도 하지 않았다. 그리고 나도 아무 말도 하지 못했다.

문화제 여기저기에 울리는 소리도, 즐기는 사람들의 떠들썩한 목소리도 어느새 사라져 버리고.

숨도 쉴 수 없을 만큼 나는 선배에게 이끌려――

――부우웅, 부웅웅.

""……!""

갑자기 내 스마트폰이 진동하는 바람에 우리는 동시에 정신을 차렸다.

주변의 소음이 다시 돌아오고…… 남은 건 이루 말할 수 없는 어색함뿐.

"아…… 리, 릿 짱에게서 메시지가 왔네요!"

"아, 그, 그래? 뭐래?"

"음, '사람이 너무 많이 와. 다들 멘붕 중이니까 이제 그만 해'…… 라는데요?"

"멘붕일 정도로 많이 왔다고?"

"아, 사진 왔어요…… 헉!"

릿 짱이 보내 준 사진을 선배에게 보여 줬다.

선배의 얼굴도 단박에 굳어졌다.

사진에 찍힌 건 할로윈 카페에 들어가기 위해 줄을 선 사람들이었다.

대기 줄은 아까 본 귀신의 집과 비슷한…… 아니, 그보다 더 길게 이어졌다. 점심때라는 이유도 한몫한 거 같다.

"아침 첫 타임에 얼른 하고 빠진다던 미노리가 아직도 못 빠져나온 거 보니 엄청 힘든가 보네."

"그러게요…… 이게 진짜 제가 홍보한 덕분일까요?"

릿 짱이 시키는 대로 지금까지 마녀 복장을 한 채로 간판을 걸고 다니긴 했지만 내가 뭘 한 건 아무것도 없는데.

"아무튼 릿 짱 말대로 이 옷은 돌려주는 게 좋겠네요."

"그러게. ……좀 아쉽긴 하지만."

"네?"

"아, 아냐. 아무것도 아냐."

"아뇨! 아무것도 아닌 게 아니잖아요! 저 똑똑히 들었어요! 아쉽다고 한 거!"

그건 바꿔 말하자면 '귀엽다'는 말이나 다름없잖아!

선배한테서 듣는 칭찬은 몇 번을 들어도 기쁘다. 하늘을 지나 우주 끝까지 뛸 만큼!!

"헤헤…… 그렇지, 참! 기왕 이렇게 된 거, 우리 같이 사진 찍어요!"

"어?"

"이런 옷을 언제 또 입어 보겠어요. 그러니까 음…… 기념으로!"

"……아, 그래. 그럼 기념이니까 찍자!"

"네!"

나는 바로 자리에서 벌떡 일어나 선배 옆으로 가 스마트폰을 들었다.

"자, 찍습니다!"

얼른 찍고 싶은 마음에 구호 같은 건 생각도 못 했지만…… 다행히 둘 다 웃는 모습이 예쁘게 찍혔다!

"헤헤! 바로 보내 드릴게요!"

라인 메시지로 선배에게 전송하고 바로 배경화면으로 설정한다.

'보물이 또 하나 늘었다……!'

오늘이 끝나도 이 사진은 영원히 남을 거다.

소중히 간직해야지. 절대로 삭제되지 않게끔 클라우드에도 꼭 업로드하고.

"더 늦었다간 미노리에게 한 소리 듣겠다. 얼른 먹고 옷 가져다

주러 가자."

"네!"

나는 행복함에 젖은 채 고개를 끄덕이며, 서둘러 남은 음식을 입으로 옮겼다.

◆◆◆

배를 채우고 릿 짱이 기다리고 있는 6층으로 돌아오자 사진에서 본 것보다 훨씬 더, 경악할 수준으로 줄이 길게 늘어서 있었다!

"밀지 마시고 잠깐만 기다려 주세요!"

"현재 이용 시간에 제한이 있습니다. 양해 부탁드립니다!"

줄을 정리하기 위해 두 사람이 나와 큰 소리로 외치고 있었다.

바깥도 이 지경인데 카페 안이 어떨지는 어렵지 않게 상상할 수 있었다……!

"선배, 저 금방 옷 갈아입고 올 테니까 여기서 기다려 주세요!"

"응. 내가 따라가 봤자 방해가 될 거 같네."

"죄송해요…… 금방 돌아올게요!"

줄에서 벗어나 계단에 있으라는 말을 남기고 나는 할로윈 카페를 향해 빠르게 걸었다.

"아, 꼬마 마녀다!"

"귀여워!"

여러 사람이 나를 보며 손가락질을 하지만 무시! 무시!

평소 같으면 걸음을 멈추고 휙 돌아봤을 테지만 지금은 선배가 기다리고 있었다.

이럴 때의 나는 빠르다! ……진짜 빠른지 어떤지는 모르지만 빠르고 싶다고는 생각하고 있다!

그렇게 생각하면서 할로윈 카페――를 그대로 지나쳐 곧장 탈의실용 교실로 향했다.

인사를 할까 말까 고민했지만 바쁜데 괜히 방해가 될지도 모르니…… 응.

'미안해, 릿 짱. 잔소리는 나중에 들을게……!'

속으로 그렇게 사과하며 조심스럽게 교실 문을 열었는데――

"어, 아카리다."

"리리리리리리리리리리리리, 릿 짱?!"

"시끄러워."

어째서인지 교실(탈의실)에 릿 짱이 있었다!

아니, 릿 짱뿐만 아니라 몇 명이 한곳에 모여 어떤 작업을 부지런히 하고 있었다.

"뭐, 뭐 하는 거야?"

"어느 분 덕분에 예상보다 몇 배나 장사가 잘돼서 팔 물건이 다 떨어졌거든. 그래서 다른 부스에 협력을 요청해서 간신히 꾸려 가는 중이야."

릿 짱은 그렇게 말하며 막 접시에 담은 쿠키를 보여 주었다.

"참고로 이건 요리 연구부에서 나눠 준 쿠키야."

"우와아……."

들어 보니 그 밖에도 이것저것 얻어 온 모양이었다.

요리 연구부에서는 쿠키 외에도 머핀과 컵케이크를.

운동장에 있는 운동부에서는 감자튀김을 받아 카페에 내놓았다고 한다.

"나는 우리가 준비한 케이크가 소진되면 문을 닫자고 했는데."

"그러니까 그게 무슨 말도 안 되는 소리냐니까! 물 들어올 때 노저어야지, 사쿠라이!"

지친 기색인 릿 짱의 말을 가로막으며 함께 음식을 준비 중이던 키노시타가 유쾌하게 웃었다.

다른 아이들도 분위기는 별반 다르지 않았다.

모두 활기가 넘치고 무척 즐거워 보였다.

"이게 다 미야마에가 제대로 홍보를 해 준 덕분이야! 마지막 문화제가 이렇게까지 대성공일 줄이야!"

"벼, 별말을……."

"아, 여긴 신경 쓰지 말고 얼른 옷 갈아입어. 미야마에가 온다고 해서 남자애들은 전부 카페랑 물자 보급처에 보내 놨으니까! 미야마에가 그걸 벗는다면…… 다른 사람이 그걸 입고 가게에 나갈 거야!"

"아, 그렇구나. 그러면――"

"시시시시, 싫어! 절대로 싫어!"

"나도 그건 못 해!"

"미야마에 다음에 입다니, 무슨 신종 고문이야!!"

……무슨 이유에서인지 모두에게 거절당했다.

음, 일단 벗는 건 괜찮다는 거지……? 벗는다? 벗습니다?

"망했네. 하지만 그 마음도 이해는 가고……."

키노시타는 팔짱을 낀 채 생각해 잠겼다.

그리고 교실 안을 둘러보다 어느 한 지점에서 시선을 멈췄다.

"그래! 사쿠라이라면!"

"응?"

그건…… 릿 짱이었다!

"사쿠라이는 미야마에 못지않은 엄청난 미소녀잖아! 마녀 의상도 무리 없이 소화할 수 있을 거야!!"

"아니, 나는──"

"맞는 말이야! 역시 키노시타! 굿 아이디어!"

릿 짱이 무언가──아마도 릿 짱의 성격으로 보아 부정적인 의견을 말하려던 순간, 다른 아이들이 한 목소리로 찬성을 외쳤다.

"사쿠라이의 어른스러운 분위기랑 꼬마 마녀의 앳된 분위기 사이에 갭이 있어서…… 보지 않아도 알겠어! 분명 귀여울 거야!"

"맞아! 혁명이야, 혁명!"

"설마 미야마에를 뛰어넘을지도?!"

그리고 나와 릿 짱을 제쳐 두고 점점 열기를 더해 가는 아이들.

뭐, 나는 외부인이니까 낄 자리는 아니지만, 지금 내가 입은 의상을 릿 짱이 입는 걸 상상해 보면…… 응, 잘 어울릴 거 같다. 무조건. 100%!

"부탁해! 미야마에의 꼬마 마녀를 이을 조건을 갖춘 여자는 너밖에 없어!"

"으엑……."

릿 짱은 노골적으로 싫다는 표정을 지었다.

그리고 보니 릿 짱, 오늘 오전에만 일할 거라고 했었지? 원래대로라면 이미 끝났어야 할 텐데…… 그만큼 스트레스도 쌓였을 테고…….

나는 릿 짱이 있는 쪽으로 빠르게 다가가 조용히 소곤거렸다.

"릿 짱, 혹시 좀 그러면 내가 서빙할까?"

"뭐?"

"아니, 내가 외부인이긴 한데 릿 짱의 베프로서 릿 짱에게만 부담을 떠넘기는 건……."

"이 바보야."

릿 짱이 검지를 세워 내 입술에 가져다 댔다.

그 이상 말하지 말라는 신호에 나도 입을 다물 수밖에 없었다.

"아카리는 데이트 중이잖아. 열심히 노력해서 얻어 낸 거니까 동정심 같은 걸로 쉽게 포기하지 마."

릿 짱은 나에게만 들리도록 작은 목소리로 그렇게 속삭인 뒤…… 체념한 듯이 깊게 한숨을 내쉬었다.

"뭐, 여기 박혀 일하는 것보다 기분 전환은 되려나……."

릿 짱의 항복 사인에 교실 안은 환호성으로 뒤덮였다.

"고마워, 자문 위원!"

"이렇게 혹사당하는 자문 위원이 어딨어……."

릿 짱은 어깨를 축 늘어뜨리며 고개를 숙였다.

하지만 이러니저러니 해도 결국 도와주는 그녀의 모습에서 강한 책임감을 느꼈다.

아이들은 릿 짱의 투덜거림을 일종의 장난으로 받아들이고 있어서 분위기는 매우 좋았다.

……뭐, 릿 짱 입장에서는 진심으로 귀찮고 싶은 게 맞지만 말이다.

“어? 그러고 보니 릿 짱. 아까 입은 그 조금 야한 의상은?”

“아…… 그 고양이 늑대는 노출이 너무 과하다고 선생님한테 혼나서 봉인됐어.”

“뭐어?! 아깝게!”

“그러게.”

진짜 모델처럼 예쁘고 멋있었는데.

그럼 아침에 본 게 운이 좋았던 거네. 같이 사진도 찍을 수 있었고.

아쉽지만 이 마녀 의상도 분명 릿 짱에게 잘 어울릴거다. 다른 아이들처럼 나도 마녀가 된 릿 짱의 모습이 기대됐다.

“아카리가 벗으면 내가 입을게.”

“웅! 지금 바로 벗을게! 10초만 기다려 줘!”

“……재촉한 건 아닌데.”

기운이 없는 릿 짱과 달리 나는 빠르게 옷을 벗고 교복으로 갈아입었다.

그리고 교대한 릿 짱은 꾸물, 꾸물, 꾸물…… 하나 입을 때마다 마음을 다잡듯 천천히 마녀 의상으로 갈아입었다.

마녀가 된 릿 짱의 모습은 깜짝 놀랄 만큼 귀여워서, 나와 교실에 있던 아이들은 그 사랑스러움에 몸부림을 쳤다.

제 6 화 친구의 여동생과 단둘만의 시간을 보내는 이야기

"죄송해요! 진짜 죄송해요!"

"사, 사과 안 해도 된다니까!"

할로윈 카페에 간 지 20분 정도 지났을까.

아카리는 허둥지둥 돌아오자마자 큰 소리로 사과를 했다.

"선배를 기다리게 해 놓고 거기서 놀다 오다니…… 정말 입이 백 개라도 할 말이 없어요."

"진짜 괜찮아. 이제 그만 사과해도 돼."

미노리에게 붙잡혔을 수도 있고, 친구들과 이야기하느라 시간이 가는 줄 몰랐을 수도 있다. 뭐가 됐든 화낼 일은 아니었다.

그렇지만 오늘 내내 마녀 차림의 아카리와 함께 있어서 그런지 다시 교복을 입은 모습을 보니 어쩐지 조금 안도감이 들었다.

"할로윈 카페는 괜찮아 보였어?"

"네, 다들 의욕이 장난 아녜요. 물 들어올 때 열심히 노 젓겠다고 열심히 하더라고요. 한 명만 빼고요."

"아하하, 누군지 알겠네."

"그래도 제 마녀 의상을 물려 입고 웨이트리스 일을 하려나 보더라고요."

"그래……?"

그건 좀 의외였다.

아마 주변 사람들의 부탁에 거절하기보다 그냥 후딱 해치우는 게 편하다고 생각해서 그런 거 아닐까 싶은데.

뭐, 그 녀석 나름대로 즐기고 있는 거라고 생각하자.

"그럼 이제 어디 갈까?"

"그게…… 이번에야말로 선배가 가고 싶은 곳에 가요!"

"응? 내, 내가?"

"네. 지금까지 선배는 '내가 상을 받는 날'이라고 계속 양보만 했잖아요."

"아니, 하지만…… 그, 육상부는 내가 가고 싶다 해서 갔잖아."

"그건 저한테 할로윈 카페 같은 거예요. 당연히 들러야 할 곳이라 논외예요."

아무래도 안 먹히는 것 같다.

아카리는 양보할 마음이 없는지 끝까지 버텼다. 하지만 딱히 가고 싶은 곳이 있는 건 아니라서——

"……아."

"앗! 지금 생각나셨죠?! 어디예요?"

"아니, 근데…… 음……."

"여기까지 와서 뭘 망설이세요! 얼른 말해 보세요. 네?"

"하지만 말하면 아카리가 화낼 거 같아서."

"화 안 내요."

"……진짜?"

"진짜, 정말로!"

정말 실수였다.

하지만 대충 둘러댄다고 해도 아카리는 눈치챌 테니……그냥 솔직하게 말할 수밖에.

"그럼……."

"네! 네!"

기대로 반짝이는 눈동자를 바라보며 말하는 건 엄청난 용기가 필요했지만…… 나는 어떻게든, 억지로 말을 목구멍 위로 밀어냈다.

◇◇◇

그리고 5분 뒤…….

"흥……."

역시나라 할까…… 옆에서 걷는 아카리는 삐진 티를 팍팍 내고 있었다.

"미, 미안해. 지금이라도 다시——"

"괜찮아요, 괜찮아. 제가 먼저 화 안 낸다고 했잖아요. 그리고 실제로도 화 안 났어요. 제가 선배한테 가고 싶은 데 가자고 했으니까요. 화낼 이유 같은 건 전혀 없죠."

윽…… 화는 안 났다 해도 기분은 상하게 한 거 같네.

좀 더 잘할 수 없었던 거냐, 조금 전의 나야.

"……진짜 괜찮기는 한데…… 좀 죄송한 마음이네요."

"어? 아카리가 왜!"

"'일단 밖에 나갈래?'라고 말할 정도면 역시나 선배는 문화제에 오기 싫으셨구나 싶어서요……."

아카리는 그렇게 말하고 고개를 푹 숙였다.

"아, 아냐! 오늘 같이 문화제 오는 건 나도 진짜 기대 많이 했어! 진짜야!"

그렇게 오해할 수도 있겠다 생각은 했지만 설마 이렇게까지 풀이 죽다니!

나는 필사적으로 해명했지만 아카리는 여전히 고개를 들지 않았다.

이건…… 제대로 말하지 않으면 안 되겠네.

제대로, 내 마음을.

"아카리, 조금 걸어야 하는데 괜찮겠어?"

"네? ……아, 네."

나는 그렇게 말하며 그녀의 손을 잡았다.

무작정 따라오라고 하는 거 같아 미안했지만 그래도 길가에서 할 얘기는 아니었으니까…….

'학교에서 걸어갈 수 있는 거리였지?'

이번만큼은 틀리지 않도록 발걸음을 옮기면서 내 마음을 정리해 갔다.

그렇지만 마음을 마주하면 마주할수록 오히려 심장이 요란하게 뛰어 대는 바람에 좀처럼 진정할 수가 없었다.

◇◇◇

"와, 여기……!"

"온 적 있어?"

"아뇨, 알고는 있었는데 와 본 건 처음이에요!"

고등학교에서 걸어서 십여 분.

내가 아카리를 데려온 곳은 역이 있는 번화한 동네가 아닌, 한적한 주택가 끝에 위치한 작은 전망 공원이었다.

언덕길을 올라가야 해서 오기가 조금 힘든 데다 보이는 풍경도 평범한 주택가라 별로 인기가 없는 공원이지만, 이 고요함을 나는 참 좋아했다.

"육상부에서 뛸 때 자주 왔던 곳이야. 여기서 맞는 바람이 참 좋았거든."

"그랬군요……."

"하지만 그게 아니라면 올 일이 없었어. 그래서 아는 사람만 오는 곳이야. 힘들다고 스바루도 거의 따라오지 않았고."

"아하하. 죄송한데 뭔지 알 거 같아요. 저도 궁금하면서도 걸음을 옮기기가 참 힘들었거든요."

"나도 로드워크를 한다는 명목이 아니었으면 아마 안 왔을 거야. ……아, 벤치에 앉을까?"

서서 이야기하는 것도 뭐하니 일단 벤치에 앉았다.

여전하다고나 할까. 공원은 마치 전세 낸 듯이 오가는 사람 하나 없었다. 괜스레 몹시 그리운 기분이 들었다.

"자, 마셔."

"아…… 감사합니다."

오는 길에 샀던 음료를 아카리에게 건네주고 나도 내 걸로 목을 축였다.

아, 살 것 같다. 달린 건 아니지만 문화제 내내 걸어 다녀서 그런지 보리차의 깔끔하고 쌉싸래한 맛이 온몸에 스며드는 기분이 들었다.

"하~ 조용하고 마음이 차분해지네요."

"그러게 말이야. 여기서 평생 있고 싶을 정도야."

"후훗, 선배도 참. 방금 할아버지 같았어요. 하지만 저도 같은 마음이에요."

아카리는 킥킥 웃더니 기분 좋은 듯 눈을 감았다.

가을의 방문을 느끼게 하는 산뜻한 바람이 뺨을 스쳐 지나갔다.

시끌벅적한 문화제 때와 정반대로 조용하고 느긋하게 흘러가는 시간.

방심하면 그대로 잠들어 버릴 것 같은 편안함 속에서 나는 입을 열었다.

"문화제는 즐거웠어. 올 수 있어서 다행이라고 진심으로 생각해. 고마워, 아카리."

"지, 진짜요……?"

"이런 데까지 굳이 데려와서 거짓말은 안 해."

원래 거짓말을 잘하는 성격도 아니다.

게다가 오해로 상처를 주느니 차라리 진심을 전하고 싶었다.

"하지만…… 즐겁기만 했던 건 아냐. 예전의 나라면 분명 즐겁다는 기분에서 그쳤을 텐데."

"그거 혹시…… 저 때문인가요?"

"……응."

나에게 일어난 인생에서 가장 큰 변화.

그건 아카리를 만난 것이다.

아카리와 함께였기에 나는 오늘을 그저 '즐거웠다'는 말로 끝낼 수 없게 되어 버렸다.

"선배…… 죄, 죄송해요. 저는——"

"나 아카리를 좋아해."

"……네?"

"응?"

"네에에에에에에에에에에엣?!"

"어어?!"

소리 지르는 아카리와 그 소리에 놀란 나.

서로의 반응이 엇갈리며…… 묘한 침묵이 흘렀다.

"미, 미안해. 내가 무슨 이상한 말이라도 했어……?"

"아, 아뇨! 이상한 말을 한 게 아니라 그 뭐랄까…… 뒤늦게 말을 이해했다고나 할까요? 그…… 좋아한다고 하셨죠?"

"으, 응."

"그, 그렇죠? 잘못 들은 거 아니죠?! 헤, 헤헤헤……!"

아카리는 살짝 붉어진 뺨을 식히려는 듯 양손으로 감쌌다.

그러나 채 단속하지 못한 입꼬리가 슬며시 올라가 있어서 그 모습이 참 귀여웠다.

"서, 선배도 참! 그런 말은 쉽게 하면 안 된다고요!"

"쉽게 하는 말 아니야. 나도 그…… 엄청 쑥스럽고."

실제로 손에는 땀이 흥건하고 심장도 미칠 듯이 뛰고 있다. 정확히는 말한 뒤에 '우와, 기어이 말했구나, 나' 하고 생각하면서 따라온 증상들이지만.

"쉽게는 아니어도 역시…… 기, 기쁘니까요."

"그럼 좀 더 자주 말하는 게 좋을까……?"

"아, 안 돼요! 그러면 고마움이…… 옅어지지는 않겠지만, 어쨌든 제 심장이 못 버텨요! 행복사할 거라고요! 그런 말은 지금이다 싶을 때만 해 주세요!"

"으, 응. 알았어."

아카리가 죽는 건 싫으니 나는 그 말을 가슴에 깊이 새기며 고개를 끄덕였다.

실제로 몇 번이나 말하는 건 내 심장에도 안 좋을 거 같고…… 응.

"그, 그래서요? 선배가 저를, 그…… 에헤헤…… 그러시는 게 문화제랑 무슨 관계가 있는 거예요?"

"……그게."

계속해서 웃는 아카리를 바라보며 나는 마음을 진정시키듯 깊게 숨을 내뱉었다.

"또 화를 낼지도 모르지만…… 문화제를 돌아다니면서 깨달은 건데, 나는 내가 이렇게까지 아카리를 좋아할 줄은 몰랐어."

"네?"

"나에게는 이미 졸업한 고등학교지만 아카리에게는 지금도 다니는 고등학교잖아. 나를 아는 사람은 이제 거의 없지만 아카리는 같은 학년 친구들이나 후배들 사이에서도 유명하고, 선망의 눈초리도 받고……."

오늘 걸어온 길이 선명하게 떠오른다.

교내에서 아카리를 만나고, 할로윈 카페에 가고, 코스프레를 한 모습으로 여러 부스를 돌아다니고…… 그러는 동안 수많은 시선이 아카리에게 향해 있었다.

'야, 저 사람 그 미야마에 선배 아냐?'

'오늘도 역시 예쁘네~.'

'왠지 저런 차림도 평소랑 달라서 괜찮네.'

나는 그들이 말하는 '그'도, '역시'도 '평소'도 모른다.

내가 아는 아카리는 아카리의 극히 일부에 불과하다는 걸 이번 일로 뼈저리게 깨달았다.

"그 사람들이 내가 보지 못하는 아카리를 보고 있다고 생각하니까 가슴이 답답하고…… 왜 나는 이렇게나 너에 대해 아는 게 없을까 싶어 화가 났어."

숨이 막힐 것 같아 마지막에는 필사적으로 쥐어 짜내듯 말했다.

상대의 전부를 아는 건 절대 불가능하다. 그런 것쯤 잘 알고 있다.

하지만 그런 당연한 이치 따위로도 감정을 억누를 수 없어서…….

'사랑은 눈을 멀게 한다…… 더는 웃을 수 없는 말이네.'

시도 때도 없이 스바루의 연애 자랑을 들으면서 '과장도 정도껏 해야지' 하고 어이없어하던 내가, 설마 똑같아질 줄이야. 절대로 스바루에게는 내색할 수 없어.

"으……."

그리고 지금 이 이야기를 직접 듣고 있는 아카리가 가장 힘들겠지.

아카리는 어떻게 반응해야 할지 모르겠다는 듯 그저 말없이 손끝만 바라보고 있었다.

"아…… 음, 그러니까 하고 싶은 말이 뭐냐면…… 그, 혹시 오늘 내가 재미없어 보였다면 미안해. 즐거웠다는 얘기는 정말, 진짜야."

제대로 전해졌을까? 이번에는 오해 없이.

마음을 전한다는 건 정말로 어려운 일이다.

말하지 않으면 모르는 것도 많고, 말해도 말뿐이라 생각되면 받아들여지지 않는다.

반대로 말하지 않아도 전해지는 것, 기어이 전해지고 마는 것도 있다.

나는 아직 많이 서투르고 오해하게도 만들지만…… 그렇다고 무서워서 전하려는 걸 피하지는 않을 거다.

아카리가 또 화를 낼지도 모르지만 좋아한다는 마음 역시 몇 번이고…….

"저, 저기……."

줄곧 잠자코 있던 아카리가 마치 숨이 가쁜 사람처럼 떨리는 목소리로 말했다.

"너, 너무 갑작스러워서 전부 받아들이기는 힘들다고 할까요…… 그……."

얼굴은 새빨갛게 달아오르고, 시선은 갈 곳을 잃은 채 불안정하게 흔들리는 아카리.

"괘, 괜찮아?"

"윽…… 잠깐 심호흡 좀 할게요!"

아카리는 그렇게 외치고는 '스—, 하—, 스—, 하—' 하고 꽤 긴 시간 동안 심호흡을 했다.

그리고——

"……선배는 치사해요."

"어?"

아카리는 뺨을 식히려는 듯 양손을 대며 곁눈으로 노려봤다. 그 모습이 마치 토라졌다고 말하는 것 같았다.

"저라고 뭐 다를 거 같으세요?"

"아카리도 그렇다고? 왜——"

"그야 당연하잖아요! 선배를 정말 좋아하니까요!!"

쿵.

체중을 실어 힘껏 날린 카운터를 맞았다.

너무 갑작스러워서 순간적으로 이해를 하지 못했고…… 뒤늦게 열이 올랐다.

'정말 좋아한다'…… 그 말이 몇 번이고 머릿속에서 메아리쳤고…… 아아, 아카리가 왜 안 된다고 했는지 이유를 알 것 같았다.

"애당초 말이죠, 서배가 저를 좋아해 주기 전부터 저는 줄곧 선배를 좋아했어요. 좋아하는 경력부터가 다르다고요!"

팔짱을 끼고 자신만만한 표정을 짓는 아카리.

뭐라 할까, 말을 한 마디도 꺼낼 수 없는 위압감이 있었다……!

"늘 선배만 바라보는 저와 달리 선배에게는 저보다 친한 사람들이 많이 있더라고요. 오빠부터 시작해서 유아 씨, 릿 짱…… 그리고 아까 문화제에서 만난 육상부 사람들과 운동부 지인들…… 선배가 누군가와 즐겁게 얘기하는 모습을 보는 것만으로도 선배가 너무 멀게 느껴져서……."

"아카리……."

"그렇지만 곧 이런 생각이 들었어요. 모르는 선배가 있다는 건 그만큼 앞으로 알아 갈 선배가 많다는 뜻이라고!"

아카리는 눈부시게 환한 미소를 지었다.

그 웃는 얼굴이 몹시도 예뻐서——

"오늘도 그래요. 제가 좀 꿍해 있었더니 선배가 바로 알아차리고 신경 써 줬잖아요. 그리고 제가 다른 사람과 이야기하면 질투하는 귀여운 모습도 보여 줬고…… 그것만으로도 이미 제게는 최고의 하루였다고 할 수 있어요."

"최고의?"

"네, 최고의 하루예요!"

손에 따스한 것이 닿았다…… 보지 않아도 아카리의 손이라는 걸 알 수 있었다.

그녀는 부드럽게 내 손을 잡아 주었고, 나 역시 무의식중에 그녀의 손을 맞잡았다.

고작 그만큼의 행위로도 가슴이 충만해져 절로 입꼬리가 올라간다.

"지금도 가끔은 믿기지가 않아."

"뭐가요?"

"어떻게 아카리처럼 좋은 사람이 나 같은 걸 좋아해 주는 걸까."

물렁물렁해진 마음에서 튀어나온 건 평소라면 목구멍에 막혀 절대 나오지 않을 진심이었다.

솔직히 늘 의문이었다.

불꽃놀이 축제를 보고 돌아오는 길에 얼마나 좋아하는지에 대해서는 얘기를 나눴지만 왜 좋아하는지는 들은 적이 없으니까.

그렇지만 아카리가 나를 좋아하는 마음에 거짓은 느껴지지 않아서, 굳이 알고 싶다는 생각은 들지 않았다.

나 역시 아카리와 함께 사는 동안 어느새 좋아하게 되었을 뿐, 이렇다 할 계기가 있던 건 아니니까.

그러니 이유를 궁금해 하지 않아도——

"……알고 싶으세요?"

"아……."

살짝 올려다보며 그렇게 되묻는 말에 나는 순간 할 말을 잃었다.

그러나 머릿속에는 '알고 싶다'라는 말이 가득했기에——생각도 하기 전에 고개가 먼저 위아래로 움직였다.

그런 나를 보고 아카리는 미소를 지었다. 기쁜 것 같기도, 부끄러운 것 같기도 한 미소였다.

"제가 선배를 좋아하게 된 이유는…… 지금 생각해 보니 너무 많아서 난감할 정도지만……."

아카리는 조용히 눈을 감고 생각을 더듬었다.

대체 어떤 말이 나올까 싶어 괜스레 긴장이 됐다.

"글쎄요…… 결국 첫눈에 반했기 때문일지도요."

그녀는 먼 옛날을 그리워하는 듯한 눈빛을 한 채 중얼거렸다.

"아, 물론 얼굴이 전부라는 얘기는 아녜요! 물론 선배 얼굴은 완전 제 취향 저격이랄까요? 아니다, 오히려 선배 얼굴에 맞춰 제 취향이 정해졌다는 말이 맞으려나…… 아무튼 그런 거예요!"

"아, 그, 그래. 응."

어떻게 반응해야 할까. 아니, 기쁘긴 한데 왠지 너무 부끄럽다.

"제가 첫눈에 반한 건 선배의 마음이에요."

"마음……."

"외롭고, 불안하고, 사라져 버리고 싶다고 생각하던 저한테 선배는 다정하게 손을 내밀어 줬어요. 서로 이름도, 얼굴조차도 몰랐던 처음 만난 그 순간에요."

처음 만난 순간……?

내가 아카리를 처음 만난 건 스바루네 집에 놀러 갔을 때고, 그 때는 대화도 거의 안 했던 거 같은데…… 가만, 그게 아닌 거 같은데……?

왜일까. 그보다 훨씬 전에 아카리를 만난 것 같은 기분이 들었다.

중학생, 아니, 초등학생 정도일 때……?

"역시 기억 못 하시네요."

"윽! 미, 미안……."

완전히 들켜 버렸다.

나는 삐졌다는 듯이 눈을 새초롬하게 뜨는 아카리를 향해 고개를 숙일 수밖에 없었다.

"호, 혹시 괜찮으시다면 소신에게 가르침을 내려주실 수――"

"안 돼요."

단칼에 거절당했다!

"솔직히 왜 기억 못 하지 하는 마음도 없지는 않아요. 하지만 제가 기억하고 있으니까 그걸로 됐어요."

비밀 자체를 즐기는 것처럼 아카리는 그저 웃었다.

"그때 선배가 한 행동은 상대가 제가 아니라 다른 누구였어도 똑같이 했을, 특별할 것 없는 당연한 행동이었어요. 그렇기 때문에 선배는 멋지고, 그런 선배를 좋아하게 돼서 정말 다행이라고, 그날의 저도 당당하게 가슴을 펴고 있어요."

솔직히 궁금하지 않다면 거짓말이다.

아카리가 보고 있는 게 나에게는 안 보여서, 오히려 수수께끼가 더 깊어진 느낌마저 들었다.

하지만 이상하게도 납득이 되는 부분도 있었다.

그녀는 지금도, 내가 잊어버릴 만큼 아주 오래 전에도 나를 바라보고 있었다.

그렇게 생각하니 불안해할 이유 같은 건 전혀 없었다.

'역시…… 여기 오길 잘했어.'

아카리를 이곳에 데려온 건 순전히 내 이기적인 마음 때문이었다.

소란스러운 문화제에서 벗어나 아카리와 단둘이 시간을 보내고 싶다, 그녀를 독차지하고 싶다…… 오로지 그 생각만으로 데려왔다.

——만약 내가 그녀를 여기까지 데려온 이유를 알면 실망할까?

여기까지 걸어오는 동안은 불안했다.

하지만 지금은, 그 불안이 괜한 기우였다는 생각이 들었다.

처음에는 분명 아카리를 당황하게 했을지도 모르지만…… 그래도, 서로의 마음을 전한 지금이라면 말로 하지 않아도 통하고 있다는 기분이 들었다.

'그만큼, 또다시 찾아올 이별이 더 힘들어지겠네…….'

분명 8월 끝자락보다 긴 이별이 곧 다가오는 오늘이 더 가슴이 아프겠지.

나뿐만 아니라 아카리도.

“저기, 선배.”

“응……?”

“지금까지 한 번도 마음이 흔들린 적은 없지만…… 다시 한번 선언해도 될까요?”

“아…… 응. 당연하지.”

아카리는 내 손을 쥔 손에 힘을 꽉 주더니, 다른 한쪽 손도 포갰다.

“저 반드시 세이오 학원에 합격할게요!”

힘차고도 확고한 의지를 담아, 아카리는 그렇게 선언했다.

“오늘 함께 학교 안을 걸으면서 생각했어요. 역시 같은 캠퍼스를 다니고 싶다고. 1분 1초라도 빨리, 1분 1초라도 더 오래!”

“그래.”

“내일부터 또 연락 자주 할게요! 라인도, 전화도! 하루에 몇 번이라도!!”

아카리는 이때다 하고, 숨 돌릴 틈도 없이 계속해서 나를 몰아붙였다.

“저, 장거리 연애로 사이가 깊어지는 것도 멋지다고 생각해요…… 나중에 후회하지 않도록, 입학하기 전까지 실컷 즐길 거예요!”

“그래.”

‘그렇게 하면서 공부는 잘할 수 있겠어?’라는 질문을…… 굳이 할 필요 없겠지.

그녀의 마음은 확실하게 전해졌으니까.

나는 그저 고개를 끄덕이는 것만으로 충분하다.

정신을 차리고 보니, 주위는 완전히 저녁놀에 물들어 있었다.

문화제도 이제 마무리 분위기겠지.

하지만 우리 둘 다 '돌아가자'는 말은 꺼내지 않은 채——그저 아무 말 없이 해가 저물어 가는 걸 바라보고 있었다.

부디 단 몇 분이라도 더 오래 이 시간이 계속되기를.

그렇게 마음속으로 간절히 바라면서.

제7화 '미래'에 대해 생각하는 이야기

그렇게 해서 마침내 여름이 끝나고, 대학교 2학기 일정이 시작됨과 동시에 나는 혼자 사는 자취방으로 돌아왔다.

뭐, 평범한 귀성이었다. 극적인 이별도 없었고, 부모님과도 '그럼 대학 생활 열심히 해라', '건강 챙기고' 정도의 말만 주고받은 담백한 이별이었다.

유일하게 힘들게 했던 건——

"우왓, 옷에 털이 잔뜩…… 그 녀석, 역시 들어가려 했구나."

집에 와서 가방을 열어 보니 여기저기 검은 털이 묻어 있었다.

아마 몰래 들어가려다 실패한 흔적일 것이다.

그렇다. 유독 힘들게 한 건은 바로 느와르였다.

내가 돌아가는 걸 눈치챈 녀석은 마지막엔 아예 내 옆을 떠나지 않았다. 말이 통하지 않아도 '가지 마'라고 온몸으로 강하게 호소했다.

그렇지만 그럴 수 없어서 돌아갈 짐을 챙기고 있는데, 이번에는 품에 쏙 들어와 버렸다. 아마도 '데려가'라는 의미였던 것 같았다.

'뭐 당연히 데려올 수 있을 리가…….'

그렇게 느와르는 저항의 흔적을 남기다 눈물을 머금고 포기할 수밖에 없었다.

'느와르랑도 같이 살 수 있으면 좋을 텐데…… 그러려면 내가 더 똑바로 해야겠지.'

사실 부모님도 느와르가 이렇게 잘 따르는 모습을 보고 내가 데리고 사는 게 좋지 않겠냐는 말을 해 주셨다.

물론 당장은 힘들다. 금붕어를 기르는 건 허가가 되지만, 이 맨션에서 개나 고양이 같은 반려동물을 키우는 건 금지고, 무엇보다 지금 느와르를 키울 만큼의 여유가 아직 없다.

하지만 언젠가는…… 그래. 그걸 목표 삼아 매일 계획을 세워 나가는 것도 나쁘지 않을지도 모른다.

——띵동.

"응……?"

그런 생각에 잠겨 멍하니 있는데 현관 초인종이 울렸다.

잠깐이나마 누구지 싶었지만, 이내 약속했던 게 떠올라 얼른 현관으로 향했다.

"안뇽~ 모토뭉."

"유아 누나."

방문객은 유아 누나였다.

외출복이라기에는 전체적으로 편한 옷차림.

뭐, 친척을 만나러 오기에는 적당한 수준이려나.

"주차장 찾는 게 늦어서 좀 늦었어."

"아냐, 일부러 와 줘서 내가 더 고맙지."

"우리 사이에 무슨. 걸어서 들고 오려면 힘들잖아. 옛다, 받아라."

유아 누나는 그렇게 말하며 작은 어항을 내밀었다.

그 안에서는 금붕어 두 마리, 골드와 실버가 유유히 헤엄치고 있었다.

"결국 보름이 넘게 맡겼네…… 정말 고마워, 유아 누나."

"빚은 다섯 개니까."

"늘지 않았어?!"

"이자야, 이자."

"사채업자도 울고 가겠네……!"

가장 무서운 건, 농담처럼 말해도 유아 누나는 진심이라는 점이다.

다섯 개라고 했으니 정확히 다섯 개를 요구할 테고, 부탁도 꽤 힘든 걸 요구할 것이다. 과거 경험상 그랬다.

어쩌면 이번에는 장난일 가능성도 미립자 수준으로 존재하지만——

"흐흐흐, 뭘 시켜 볼까나~♪"

아주 기대된다는 듯이 씩 웃으며 뭔가 꾸미는 유아 누나를 보니 '아 이번에도 장난은 아니구나' 하고 한숨이 절로 나왔다.

"후우, 역시나 좀 피곤하네. 잠깐 들어갈게."

"대답하기 전에 들어올 거면 뭐 하러 물어봐?"

"뭐야~. 네 일정에 맞춰 열심히 달려와 준 누나를 살뜰히 보살펴 줄 마음은 없는 거야? 뭐 해, 냉큼 보리차라도 내오거라~."

"그건 빚 몇 개분인데?"

"당연히 제.로.지♪ 아리따운 누나한테 대접하는 건 사촌의 의무라고."

"싫은 의무네……."

그렇게 말하면서도 빠르게 집 안으로 들어와 방에서 뒹굴거리기 시작한 유아 누나에게 보리차 한 잔을 내밀었다.

다짜고짜 금붕어를 맡겨 두고 오늘 다시 가져다준 건 사실이니 고마운 건 맞았다.

물론 이렇게 얌전하고 기특한 태도를 보이면 빚 부분도 정상참작이 되지 않을까…… 라니, 그런 쪼잔한 생각은 안 합니다. 네, 전혀. 눈곱만큼도.

"근데 여전히 뭐가 없는 집이네. 그렇게 생각하면 금붕어는 좋은 포인트가 될 거 같긴 해."

"누나처럼 취미가 많은 것도 아니니까. 게다가……."

아카리가 떠나면서 그녀의 물건이 사라진 영향도 있지만…… 그건 굳이 말할 필요가 없었다.

"그러고 보니 유아 누나."

"응?"

"혼자 살면서 고양이를 키우는 거, 역시 힘들까?"

"고양이? 뭐야, 고양이 키우고 싶어? 너도 역시 젊은 애구나?"

"역시는 뭐야."

"SNS에 올리려고 고양이 키우는 사람 많잖아."

"그건 SNS를 보니까 그렇지…… 아니 티 나게 이야기 딴 데로 돌리지 말고."

유아 누나는 지금 완전히 물 먹은 솜 상태다.

기지개를 켜더니, 이젠 스트레칭처럼 몸을 비틀기 시작했다.

"그 고양이라는 게 혹시 느와르야?"

"응, 맞아."

"집에 가서 봤더니 떨어지는 게 아쉬웠어?"

"뭐……."

엄밀히 따지면 느와르가 그랬지만, 나도 아쉬움은 느꼈으니 굳이 정정해 줄 필요는 없나.

"금붕어 다음은 고양이라니 지조 없는 쓰레기 사촌 놈이라고 생각했는데 느와르면 이해가 되지. 그 아이, 귀엽잖아."

"아무렇지 않게 막말 내뱉네."

"그리고 똑똑하고. 금붕어가 있어도 손 안 댈걸? 질투는 하겠지만 말이야. 뭐, 키워도 되지 않겠어?"

유아 누나는 상대하기 귀찮다는 듯이 건성건성 말했다.

축 늘어져 있어서 그런지 전혀 응원을 받는 느낌이 아니었다.

"게다가 내년부터는 둘이 살 거잖아?"

"둘이?!"

"뭐야, 그 반응은. 아카리랑 둘이 사는 거 아냐? 너네 사귀는 사이잖아."

"사, 사귄다고 같이 사는 건…… 아직……."

"사귀기 전부터 동거한 놈이 무슨 소리를 하는 거야."

그건 뭐, 틀린 말은 아니지만…… 하지만 구체적인 이야기는 진행된 게 하나도 없는 상태였다.

아카리가 합격하기 전에는 괜한 잡음에 불과한 화제이기도 하고.

"혼자서 느와르랑 금붕어 둘 다 돌보는 거 힘들지 않겠어? 지금 넌 대학도 다녀야 하고 아르바이트도 해야 해서 집에는 거의 없잖아."

"그건…… 그렇지."

"하지만 둘이라면 대학은 수업 시간 조율하면 되고, 알바도 두 명으로 늘어나니 문제없지!"

"알바도라니…… 아카리도 '무스비'에서 일하게 할 생각이야?"

"당연하지♪"

카페 '무스비'는 내 알바 장소이자 유아 누나의 집이다.

개인이 운영하는 그 가게에서 알바생 두 명(+유아 누나)을 쓰는 건 인력 낭비였다. 여차하면 마스터——큰아버지 혼자서도 운영할 수 있는 규모니까.

"모토무랑 아카리는 역할이 다르지. 너는 상큼함을 담당하면서 힘쓰는 일도 하는 거고, 아카리는 나와 함께 더블 간판 아가씨가 되는 거고!"

"……나이 차이가."

"아앙?"

"아, 아무것도 아닙니다!"

악마다, 악마가 나타났다!

하긴 뭐…… 확실히 두 사람이 나란히 가게 앞에 서 있으면 손님을 모으는 데 엄청난 효과가 있을 거 같긴 했다.

하지만 경영 방침상 그래도 되나?

"그리고 일손이 늘면 여행도 훌쩍 가기 쉬워지잖아."

"또 어디 가게?"

"딱히 정한 곳은 없지만 어디든 가고 싶네."

1인 여행은 유아 누나의 취미 중 가장 취미다운 취미였다.

어딘가로 훌쩍 떠나서 뭔가를 얻고 돌아오는…… 어릴 때에는 그런 자유롭고 어른스러운 모습이 눈부셔 보였다.

그렇게 잠시 추억에 빠져 있자니 유아 누나가 마치 내 머릿속을 들여다봤다는 듯 부드러운 미소를 지었다.

"여행은 좋은 거야. 너도 가 봐. 아카리랑 같이."

"아카리랑, 여행……."

제대로 이야기를 하게 된 건 이번 여름부터라지만, 전반에는 내 집에서 후반은 본가에서…… 아무래도 줄곧 집에서만 본 것 같은 느낌이 드는 건 사실이다.

바다에는 갔지만 그건 다 같이 간 거였고.

"참고로 여행 갈 거면 면허는 있는 게 좋아~."

"면허…… 그러게. 돈 엄청 깨지겠네."

"뭘 하든 돈은 드는 법이지. 괜찮아, 괜찮아! 그만큼 우리 가게에서 열심히 일하면 되니까!"

"……열심히 하겠습니다."

머지않아 대학과 아르바이트, 어느 쪽을 위해 따로 나와 사는지 헷갈릴 날이 올 거 같다.

◇◇◇

이런저런 일들을 지나 새 학기가 시작되었고, 오랜만에 만난 스바루와 '9월 동안 뭐 했냐?' 하는 이야기를 나누게 됐다.

"뭐어?! 문화제에 갔다고? 아으, 부러워! 나도 좀 부르지!"

"넌 집에 안 갔잖아."

스바루가 그 동네에 있었어도 아카리와 데이트한 거라 부르지는 않았겠지만.

"그거야 아카리가 수험생이니까 그렇지. 괜히 갔다가 방해하면 안 되니까."

윽……! 결국 8월 9월 내내 붙어 있던 내 양심을 폭행하는 말이었다.

"뭐, 멀어서 귀찮다는 점도 한몫했지만!"

"…………."

이쪽 이유가 훨씬 더 스바루다워서 안심이 됐다.

"너는 앞으로도 쭉 그 모습 그대로 있어 주라……."

"응? 뭐라고?"

"아무것도 아니야."

무심코 새어나간 혼잣말을 못 들어서 다행이었다.

아니 근데 평소의 스바루랑 오빠인 스바루 사이에 갭이 너무 크잖아. 이 정도면 이중인격인 거 아냐?

"이야, 고등학교 문화제에 간다는 생각 자체를 아예 못 했네. 근데…… 그렇구나 9월 말이면 아슬아슬하게 갈 수 있구나."

"진짜 완전 아슬아슬했지만 말이야. 바로 어제, 그제 일이라고."

"뭐…… 이쪽으로 돌아오고 싶은 마음이 없어지겠네."

실제로 아직 피로가 남아 있는 느낌이다. 꽤 많이 걸었으니까.

그렇다고 다녀온 걸 후회하지는 않지만.

"그래서, 스바루 넌 뭘 하고 지냈냐?"

"나는 당연히…… 이거지!"

스바루는 의기양양한 얼굴로 두 주먹을 쥐고 위아래로 번갈아 흔들었다.

"……북 치는 연습?"

"아니거든?! 운전! 가끔 렌터카 빌려서 운전 연습했어."

"오, 연습이라니 의왼데?"

"하하하! 노력을 모르는 남자, 미야마에 스바루가 바로 이 몸이시다!"

천재처럼 말하지 마라.

"근데 말이야, 연습이라 해도 땀 뻘뻘 흘리고 그런 게 아니라 그냥 달리기만 하는 건데도 꽤 재밌더라."

"그래?"

"딱히 길에서 레이싱을 하고 싶다는 뜻은 아니고. 갑자기 사람이 튀어나올 수도 있다고 생각하면 무섭거든. 하지만 차를 몰면 지금까지보다 훨씬 자유롭게, 여러 곳을 다닐 수가 있어!"

마치 새 장난감을 산 아이처럼 스바루의 눈이 초롱초롱해졌다.

즐겁다는 감정이 고스란히 전해져서 보는 나까지 괜스레 가슴이 뛰는 기분이 들었다.

"요즘은 중고차 사이트 들여다보거나 영상 보느라 시간을 다 쓰고 있어. 아, 내 차 갖고 싶다!"

"왠지 어른스러운 고민이네."

자동차 관련 얘기는 어쩐지 어른스러운 느낌이 든다.

하지만 유아 누나랑 얘기했을 때도 나왔던 것처럼…… 면허…… 면허라.

"야, 모토무. 너 지금 혹시 '나도 면허 따볼까?' 하고 생각하는 거 아니지?"

"맞는데……?"

"너…… 안 돼, 절대 안 돼!"

"엑?!"

당연히 얼른 따라고 맞장구쳐 줄 줄 알았는데?

"너 전에 나한테 면허 따라며?!"

다 같이 바다에 갔을 때, 스바루가 운전하는 차 안에서 그는 분명 그런 이야기를 했었다.

"그땐 그때고. 지금은 지금."

"뭐 그런 '남은 남, 우리는 우리' 같은 소리냐……."

"너 그때는 아직 아카리랑 사귀지 않았잖아."

"……? 그게 무슨 상관이야."

"왜 상관이 없어! 잘 들어, 연애 초보인 너에게 선배인 내가 귀중한 충고를 해 주지!"

스바루는 그렇게 호들갑을 떨며 말하더니 자신만만하게 검지를 척 들어 올렸다.

아카리와 행동이 닮은 점이 묘하게 열받는다.

"좋은 남친이라는 건 선물로 결정된다!"

"…………."

"뭐야 그 요상한 표정은."

"무슨 삼류 인터넷 뉴스의 헤드라인 같아서…… 통으로 베낀 거 아냐?"

"아냐! 완전히 메이드 인 미야마에 스바루라고! 아무튼 들어 봐."

흠흠, 하고 일부러 헛기침을 한 뒤 스바루는 다시 이야기를 시작했다.

"선물은 중요해. 네 마음을 형태로 만들어 줄 수 있는 기회잖아?"

"그건 그렇지."

"그래서 하는 말인데 면허는 따는 데 돈이 꽤 많이 들어. 대충…… 그래, 10만 엔쯤?"

"10만 엔……."

"그렇게 큰돈을 써 가며 땄는데 막상 '아카리에게 줄 선물을 살 돈이 없어!' 이런 상황이 되면 어쩔 거냐는 거지!"

아무래도 이게 '그게 무슨 상관이냐'는 내 질문에 대한 답인 모양이다.

조금 속물적인 느낌도 들지만…….

'하지만, 틀린 말은 아냐.'

스바루가 하는 말은 어느 정도 핵심을 찌르는 말이었다.

나도 만약 연인에게 선물을 할 기회가 생긴다면 제대로 된 걸 주고 싶었다.

꼭 비싼 거여만 하는 건 아니지만, 막상 주고 싶은 걸 발견했을 때 돈이 없어서 타협해야 하는 상황은 싫었다.

"후후후, 지금 뼈 세게 맞은 표정인데?"

"그 정도까지는 아니지만 뿅망치로 머리 한 대 맞은 기분이기는 하네."

"거 봐, 내 말 맞지? 이제부터 나를 연애 마스터라 부르며 우러러보도록!"

의기양양한 얼굴로 선 넘는 말을 하는 스바루. 어쩌다 칭찬을 해주면 바로 이 모양 이 꼴이다.

“참고로 선물 이벤트에서 절대로 빼먹으면 안 되는 게 크리스마스랑 생일이야.”

“생일…….”

“거기에 밸런타인데이에 화이트데이. 100일, 200일, 데이트 기념 등 이런저런 이유를 다 붙여서 챙기라고!”

“생일……?”

“……야, 너 설마 아카리 생일 모르는 거 아니겠지?”

“아, 그게…… 어…….”

돌이켜 보면 그런 얘기는 한 적이 없었다.

아카리가 성인이 되면 같이 술 한잔하며 축하하자는 이야기는 했는데 며칠인지까지는…….

“이 자식이……? 야, 그건 좀 이야기가 다르잖아!”

“아니, 잠깐만! 나도 지금 좀 충격이라…….”

왜 한 번도 묻지 않은 걸까. 아니 물었나? 들었는데 잊은 거면 더 최악이다.

‘정말 모르겠다. 어느 쪽이지? 들었나? 못 들었나……? 아, 안 돼! 만약 말해 줬는데 잊어버렸거나 흘려 넘긴 거라면 이제 와서 아카리에게 어떻게 또 묻지?!’

그러면 분명 아카리는 슬퍼할 거다. 하지만 그렇다고 모르는 채 있는 것도 말이 안 된다.

“어, 어쩌지……?!”

“으악! 야, 너 무슨 땀을 그렇게나! 괜찮냐?”

방금까지 눈으로 욕을 하던 스바루가 갑자기 걱정할 만큼 나는 동요를 감추지 못하고 있는 모양이다.

하지만 진짜로 어떻게 해야 하지……?

"나 참, 어쩔 수 없네. 그 정도는 내가 가르쳐 줄게."

"어? 정말?! ……아니 근데 함부로 가르쳐 줘도 되나……?"

"뭔 상관이야. 모르는 사이도 아니고. 생일 정도는 괜찮아."

"하지만 혹시 비밀번호로 쓰고 있다거나 그러면……."

"그건 그런 알기 쉬운 숫자를 번호로 쓰는 사람이 잘못이지!"

스바루가 웬일로 맞는 말을 했다.

그, 그렇지. 나랑 아카리는 모르는 사이도 아니고…… 나도 원래 알고 있어야 하는 사람인데 몰라서 이렇게 동요한 거니까.

"그리고 아카리한테는 이미 네 생일 알려 줬거든?"

"엇, 그랬어?!"

"응. 그러니까 이걸로 서로 공평한 거지."

그, 그렇구나. 그렇다면, 응…….

"지금 라인으로 보냈다. 절대 잊지 말고 캘린더에 꼭 박아 둬라?"

"고, 고마워. 스바루 너 좋은 놈이구나."

"베프의 장점을 이런 걸로 다시 확인하지 말아 줄래……."

나는 진심으로 고마움을 느끼며 스바루의 말대로 캘린더 어플에 아카리의 생일을 등록했다.

어? 근데 이날은――

"잘 들어. 이건 연애 선배이자 아카리의 오빠로서 하는 충고야. 반드시, 반드시 기쁘게 해 줘야 한다?!"

"다, 당연하지――노력할게."

스바루의 말에 나는 불안해하면서도 고개를 끄덕였다.

역시 알바를 늘리는 게 좋겠다.

유아 누나도 말했지만 뭘 하려면 역시 돈이 필요했다.

'그렇다고 큰아버지 댁에 계속 부담을 드릴 수는 없어. 쓸데없이 근무 시간을 늘렸다가 경영난이라도 생기면 큰일이니까.'

지난번에 유아 누나가 근무 시간 늘려도 된다고 말은 했지만 그 사람도 은근히 맹한 구석이 있단 말이지.

결국 무리가 되지 않는 선에서 근무 일자를 늘리고, 새 알바를 병행하는 방법을 고려하는 게 가장 무난하려나.

당연히 학점도 떨어지지 않게 관리해야 하고…… 시간 날 때 제대로 정리해 두는 게 좋겠다.

벌써부터 머리가 팽글팽글 도는 것 같다.

"그러고 보니 스바루는 알바……."

"안 해!!"

"그럴 줄 알았어."

역시 자타공인 부잣집 첫째 아들.

"뭐야, 알바 늘리려고?"

"아직 생각 중이야……."

지금 당장은 돈이 부족하지 않지만, 그건 어디까지나 지금 시점의 이야기.

하고 싶은 걸 모조리 하다 보면 분명히 여유가 없어지는 날이 올 거다.

게다가――

"아카리도 수험 공부하느라 저렇게 열심인데 나도 뭔가 해야겠다는 생각이 들기도 해서."

"오? 그건 좀 바람직한 마음가짐인데?"

"그럼 스바루 너도 같이 아르바이트하자!"

"엥?! 나는 왜!"

"동생이 열심히 하고 있으니까 너도 열심히 하고 싶을 거 아냐."

"이거 거절했다간 인간 말종 되기 십상이네!"

"하세베도 네가 열심히 번 돈으로 선물 사 주면 틀림없이 기뻐할걸?"

"어? 그, 그러려나?!"

좋아, 걸려들었다.

어차피 열심히 할 거라면 이놈까지 끌어들이는 게 더 재밌을 테지.

내버려 뒀다간 내가 지쳤을 때 괜히 불난 집에 부채질을 할 거 같다는 이유도 있지만.

"헤헤헤, 어쩔 수 없네. 그럼 한번 알바라도 찾아볼까!"

"좋은 생각이야!"

면허를 따고, 선물에 정성을 들이고. 또 여행도 가고.

어쩌면 지금 사는 집에서 반려동물을 키울 수 있는 두 사람이 살 만한 집으로 이사를 갈 수도 있다.

처음부터 무언가를 포기할 필요는 없다.

지금 당장 할 수 있는 건 얼마든지 있으니까.

그저 기다리기만 하는 게 아니라 나도 열심히 하자.

지금도 분명 열심히 하고 있을 아카리를 당당하게 맞이할 수 있도록.

번외편 Girl's Aftertalk

정신없고도 귀찮았던 문화제가 끝나고 가을이 찾아옴과 동시에 수험생들을 둘러싼 입시 전쟁도 점점 열기를 더해 갔다.

'뭐랄까…… 숨 막힌다, 가 아니라 절로 존경심이 생겨난다.'

그런 가운데 나는 9월에 본 추천 전형 시험에서 합격이 결정되어 내년 4월부터 세이오 학원 대학교에 다니게 되었다. 브이.

뭐, 떨어질 거라고는 생각 안 했지만, 만약 떨어졌다면 지금부터 필사적으로 수험 공부를 해야 하기 때문에 다행한 일이기는 했다.

"좋아, 이것도 정답. 휴, 간신히 다 맞았다~!"

그런 이유로 나는 졸업식이 있는 3월까지는 빈둥거리며 보낼 수 있었지만, 눈앞에 있는 친구 미야마에 아카리는 수능을 쳐야 하기 때문에 지금도 방과 후에 교실에 남아 공부 중이다.

평소 같았으면 이미 집에 갔을 시간이지만, 오늘은 아카리만 남는 것 같아서 오랜만에 놀려 주기로 했다.

그렇지만 잡담을 할 수는 없는 노릇이라 나는 도서관에서 빌린 뭔지 모를 해외 명작이라 불리는 소설을 흐린 눈으로 대충 훑어보고 있었다.

"좋아, 휴식!"

"너무 이른 거 아냐?"

"아냐! 한 시간은 했거든. 이어서 쭉 하는 거보다 적당히 쉬어 주는 게 효율이 더 좋아. 음, 뽀로네제인가 까르보나라였나……."

"뽀모도로. 뽀모도로 학습법."

"맞아, 맞아! 그거야!"

허술하다 해야 할지, 빈틈이 많다고 해야 할지.

참고로 뽀모도로 학습법은 어떤 저명한 사람이 '25분 작업하고 5분 쉬는 게 가장 효율이 좋다'라고 주장한 방식이다.

그래서 한 시간 공부하고 잠깐 쉬는 건 원래 취지와 좀 다른 것 같지만…… 뭐, 상관없나.

엄청나게 집중한 것에 뿌듯함을 느꼈는지, 아카리는 문제집을 덮고 기분 좋게 기지개를 켰다.

내 눈에는 이미 학습량이 충분하다 못해 넘치는 수준이었지만, 정작 본인은 계속해서 공부하는 게 더 마음이 편한 모양이다.

FPS 게임에서 확인 사살 하는 사람들이 이런 부류인가 싶다. 잘 모르겠지만.

"그러는 릿 짱도 엄청 집중했네."

"……나?"

"응. 그 책이 그렇게 재밌어?"

"아, 뭐…… 아직 다 안 읽어서 모르겠어."

소설을 자주 읽는 편이 아니라서 읽는 도중에 재미있다, 재미없다는 판단하기 힘들다.

뭐랄까 읽는 동안에는…… 중간에 뚝 끊기면 찝찝하달까?

그리고 아카리가 생각보다 집중을 잘해서 방해하지 말아야겠다 싶어서 읽었을 뿐이다.

"왠지 아카리 변했네."

"응?"

"공부하는 자세라 해야 하나? 전에는 좀 더 우는소리를 많이 했던 거 같은데."

"그, 그런가……."

"힘들어~, 지쳤어~, 귀찮아~, 하고."

"윽. 그런 말 안 했다고……는 차마 못 하겠네."

"그리고 예전의 아카리라면 꼭 했을 말이 있어."

"뭐, 뭐?!"

"흠흠…… '릿 짱은 추천으로 먼저 붙다니! 불공평해!'"

살짝 아카리 말투를 흉내 내 봤다.

합격 목걸이를 걸어줄 제삼자가 없으니 별 의미는 없지만.

"추천받은 것도 아카리 입장에서는 자랑하는 거처럼 들릴까 봐 나답지 않게 배려해서 조용히 넘어갔는데, 왜인지 네가 먼저 물어보고."

"하지만 궁금하잖아. 그리고 난 릿 짱이 떨어질 거라고는 생각 안 했어. 물어본 것도 그냥 확인 차원이었지."

역시나. 특별히 질투하는 기색은 보이지 않고 지극히 당연하다는 듯이 말하는 아카리.

아카리는 순수하고 조금 덤벙대고 숨기려 하는 것도 얼굴에 다 티 나는 성격이다. 그러니 이건 진심으로 그렇게 생각한다는 뜻이겠지.

"그렇지만 확실히 릿 짱의 말대로 이전의 나라면 그런 말을 했을 것 같아."

"오, 그렇게 스스로를 되돌아보는 거 보니 눈에 보이는 변화가 있었나 본데?"

"헉!"

정곡을 찔렀는지 아카리가 어깨를 움찔하며 얼굴을 붉혔다.

솔직히 듣기 전부터 알 수 있었다. 지금의 아카리에게 뚜렷한 변화가 있다면 그 원인으로 떠오르는 사람은 한 사람밖에 없었다.

"달달해서 혈당 스파이크 오겠네."

"뭐, 뭐가!"

"솔직히 묻지 않아도 모토무 군의 영향인 거 누가 몰라."

"아니! ……응, 맞아."

우물쭈물하다가 살포시 미소를 지은 채 작게 고개를 끄덕이는 아카리.

이건 딱 그거다. '선배에게 영향을 받다니, 나는 지금 세상에서 제일 행복해요~♪'.

잘은 모르겠지만.

"그, 선배랑 다시 한번 약속했거든. 반드시 합격하겠다고. 그러니까 열심히 해야…… 아니, 열심히 하고 싶어!"

"오호라."

"지금은 오히려 열심히 노력하는 게 즐겁다고 느껴질 정도야!"

"그거 대단한데?"

"나 지금 엄청 의욕이 넘쳐흘러!"

"사랑이네, 사랑이야."

"에헤헤, 그러려나~."

내 입으로 말하긴 그렇지만, 감정이라고는 눈곱만큼도 안 담긴 무성의한 맞장구인데도 아카리는 전혀 신경 쓰는 기색이 없었다. 사랑 맞네, 이건.

"게다가 문화제 때 같이 돌아다니면서 나란히 캠퍼스를 걷는 상상도 할 수 있었고. 뭐랄까, 구체적인 목표가 있는 사람은 더 노력할 수 있다고 하잖아. 내가 지금 그 상태 같아!"

"아하……."

"아, 문화제 하니까 생각났다!"

너무 대놓고 자랑하다가 부끄러워졌는지, 아카리가 노골적으로 화제를 돌렸다.

"릿 짱, 축하해!"

"축하라니, 뭘?"

"응? 전체 부스 중 매출 1위였다면서?"

"아…… 그거."

뭔 얘긴가 했더니…… 아아, 괴로운 기억이 되살아났다.

"정말 대단해. 결국 첫날은 손님이 끊이지 않았고, 둘째 날은 그 소문을 듣고 몰려든 손님들로 난리였다며!"

"응, 뭐."

문화제에서 3학년끼리 자발적으로 참여해서 운영한 할로윈 카페.

선생님이 할 일 없는 거 다 안다면서 압박 주는 바람에 하는 수 없이 참여했을 뿐인데, 첫날부터 장사가 너무 잘되다 못해 마비 오기 직전까지 가는 사태가 벌어졌다.

원래대로라면 내 근무 시간은 아카리와 모토무 군이 놀러 온 첫

날 오전 타임뿐이었는데, 손님이 끊이지 않고 오는 통에 결국 쉬는 시간도 없이 풀타임으로 일하고 말았다.

바로 노동청으로 뛰어가 과중한 업무로 신고를 할까 말까 진지하게 고민했지만…… 지옥은 아직 끝나지 않았다.

"릿 짱, 너 둘째 날도 갔다며? 둘째 날도 분위기 괜찮았어?"

"……응. 뭐, 매출 1위를 할 정도니까."

그랬다. 아카리 말대로 나는 둘째 날에도 참여하게 된 것이다.

왜냐하면 첫째 날 업무 마비가 되기 직전의 상황에서도 다른 부스와 연계해 매출을 최대한으로 끌어올리고, 방문객들을 만족시킨 건 다 내 훌륭한 지휘 덕분이라는 이야기가 회자됐기 때문이다.

뭐, 멘탈이 무너진 친구들에게 이래라 저래라 지시를 내린 건 사실이긴 하지…… 무작정 몸을 움직이는 것보다 그쪽이 편하기도 했고.

하지만 그 이야기를 들은 선생님들이 둘째 날도 꼭 좀 참여하라고 간절히 부탁하신 건 최악의 오산이었다.

정중하게 부탁하는 어른들, '사쿠라이가 같이 있어 준다면 정말 든든할 거 같아!'라며 기대 어린 눈빛으로 지켜보는 다른 참가자들――그렇게까지 나오면 거절하는 게 훨씬 더 귀찮은 일이 되어 버린다.

――어차피 대박이 터진 건 첫날뿐. 둘째 날에는 관심도 좀 식어서 금방 집에 갈 수 있을 거야.

머릿속으로 그런 변명을 늘어놓으며 나는 압력에 굴복하고 말았다.

그리고 둘째 날…… 나를 기다리고 있던 것은 첫날 소문을 듣고 몰려든 엄청난 인파였다.

그리하여 첫날 못지않는 대성황 속에서 문화제는 막을 내렸다.

나는 강제로 이틀 연속 풀타임 근무(휴식 없음&무급)를 하고 장렬히 전사했다.

노동청에 갈 힘도 없어서 억울하지만 그냥 넘어갈 수밖에 없었다. ──이야기 끝.

"후……."

"무슨 한숨이 그렇게 커! 땅 꺼지겠어."

"떠올리기만 해도 피곤해지네."

추천 입학이 확정됐을 땐 대학에 들어가기 전까지 단기 알바라도 할까 싶었다. 하지만 그럴 마음이 싹 사라진 지금은 별다른 계획 없이 게으르게 지내는 중이다. 트라우마가 된 것이다.

"평생 일하기 싫어……."

"에구."

고개를 푹 숙이자 아카리가 내 머리를 부드럽게 쓰다듬어 주었다.

너구리를 닮은 어떤 고양이형 로봇처럼 '어휴, 릿 짱은 어쩔 수 없다니까' 하고 말하는 듯한 손길이지만──

"애당초 원인을 따지고 보면 다 아카리 때문이야."

"뭐어?!"

"아카리가 마녀 옷을 입고 홍보했기 때문이잖아."

"릿 짱이 시키는 대로 했을 뿐이야!!"

뭐, 틀린 말은 아니다.

하지만 아카리는 필요 이상으로 고지식하게 받아들이는 성격이라 놀리는 재미가 있는 것도 사실.

"아카리, 내 샌드백이 되어 줘."

"너무해!"

"봐 봐, 어른들도 기분 나쁜 일이 있으면 술로 푼다잖아. 그런 맥락이야."

"사람을 술 대용으로 쓰지 말아 줄래?!"

후후후, 그야말로 아주 맛이 훌륭한 술일세.

놀리는 맛, 장난치는 맛으로 따지면 노아랑 박빙일 거 같다.

"뭐야, 왜 그런 비열한 웃음을 짓는 거야."

"어이, 아가씨, 거 한 잔 따라 줄텨?"

"말투까지?! 정말이지, 손님! 이제 폐점 시간이에요!"

아카리는 의외로 센스 있게 맞장구를 치며 내 어깨를 흔들어 댔다.

아, 근데 아파. 뇌가 흔들린다고…….

"그러고 보니 문득 생각이 났는데."

"으악! 뭐야, 갑자기 혼자 진지해지고!"

"아카리, 너 그렇게 모토무 군을 좋아하면서 왜 모토무 군이 고등학교 다닐 때는 전혀 다가가지 않았어?"

"어어?! 뜨, 뜨뜨뜨뜨, 뜬금없이 무슨 소리야!"

뜬금없다면 확실히 뜬금없을지도 모른다.

하지만 예전부터 내내 궁금했다.

"모토무 군이 대학에 들어가고 나서는 일부러 집까지 쳐들어갔잖아. 고등학교 다닐 때 접근하는 게 훨씬 쉬웠을 텐데 그 욕구를 어떻게 참은 거야?"

"그, 그게 욕구, 라기보다……."

새삼스레 짝사랑 시절의 일을 캐물으니 얼굴이 빨개진 아카리.

맞아, 기본적으로 이 애는 순진해.

그러니 같이 있어도 누구를 짝사랑하는지 전혀 눈치채지 못했지.

얼마 전까지는 아직 이루어지지 않은 사랑이라 묻기 어려웠지만, 이제는 결실을 맺었으니 물어봐도 괜찮을 거 같다.

"근데 언제부터 짝사랑한 거야?"

"그게…… 초4부터."

"뭐? 엄청 길잖아?"

초4라면 내가 모토무 군을 만나기도 전인데?

하, 그래. 그 정도로 짝사랑을 했으면 확실히 무거울 만하네.

"그땐 겨우 며칠 본 게 다였고 우연히 만난 거라, 어쩌면 평생 다시는 못 만날지도 모른다고 생각했어."

'평생 다시는 못 만난다'라는 말이 더 무겁게 느껴진다.

"근데 중3 때 우연히 선배랑 오빠가 친구가 돼서 우리 집에 놀러 온 거야!"

흥분한 듯 눈을 반짝이는 아카리.

왠지 '이건 운명이야'라고 외칠 거 같은데.

"나는 이걸 운명이라고 생각했어!"

"…………."

진짜로 말할 줄이야.

이 단순함, 역시 아카리다.

"뭐, 짝사랑이 오래됐다는 건 충분히 알겠는데, 그러면 오히려 앞뒤가 안 맞지 않아? 나라면 더욱 적극적으로 다가갈 거 같은데."

"그건…… 그……."

뭔가 후회라도 하는지, 아카리의 어깨가 축 처졌다.

"……계기가 없어서."

"응?"

"그, 아무런 계기도 없는데 말 걸었다가 이상한 애라고 여길까 봐 무서워서……."

"…………?"

어…… 지금 이거 한 마디 해 주길 기다리는 거 맞지?

도저히 남자 혼자 사는 집에 쳐들어간 여포의 발언이라고는 생각할 수가 없는데.

"나, 나름대로 노력은 했어! 오빠 도시락을 숨겨 두고 내가 가져다 주는 척하면서 교실에 간다든가!"

"그걸 노력이라 부를 수 있을까?"

왠지 너무 멀리 돌아간 느낌이다. 차라리 그냥 말을 거는 게 덜 이상해 보이지 않을까?

하지만 아카리 기준에서는 괜찮았던 모양이다. ……진짜 뭐가 뭔지 모르겠네.

"접점을 만들 거라면 같은 특활부에 들어간다거나 하는 방법도 있었잖아."

"그거!"

"깜짝이야."

아카리는 책상을 탕 치며 몸을 앞으로 쑥 내밀더니 힘차게 고개

를 끄덕였다.

“릿 짱이 말한 대로 육상부에 들어갔으면 선배랑 함께 있을 기회가 훨씬 더 많았을 거라 생각해!”

“그럼 들어가면 됐잖아.”

“하지만…… 거기에는 아주 커다란 함정이 있었어…….”

마치 괴담 이야기를 하듯 분위기를 잡는 아카리.

역시 모토무 군 이야기가 나오면 티 나게 감정이 풍부해진다니까.

“사실 나, 달리기를 못해…….”

“알아.”

다재다능하다는 소리를 듣는 아카리지만 체력이 약한 건 유명한 이야기.

특히 육상 쪽은 극단적으로 못해서, 아무리 단거리라 해도 전력질주를 하면 안색이 창백해진다. 장거리는 아예 눈 뜨고 못 볼 지경이다.

스스로 못한다는 의식이 강해서 더 그렇게 되는 거 같았다.

“근데 뭐, 오디션이 있는 것도 아니잖아. 달리기 못해도 육상부에 들어갈 수는 있었을 텐데?”

“하지만 육상부라고! 운동부라 하면 완전히 실력 사회잖아! 그런 세계에서 정상에 군림하는 선배의 눈엔 나는 땅을 기어 다니는 달팽이나 다름없을 텐데! 같은 부에서 접점이 늘어나기는커녕 절대로 넘을 수 없는 벽이 생겨 버리면 어쩌려고!”

“아무리 그래도 그 정도로 엄격하진 않을걸. 우리 학교 육상부, 꽤 한가해 보이던데.”

……아니다. 상대는 그 모토무 군이다.

한번 집중하면 자신만의 세계에 푹 빠지는 데다 중학교 때도 제법 절제력이 강하고 엄격한 사람이었다.

거기다 후배를 적극적으로 돌봐 주는 성격도 전혀 아니었다. 눈에 띄게 곤란해하면 또 몰라도, 아무 이유 없이 먼저 다가가서 가르쳐주거나 하지는 않았다.

육상은 개인 종목이니까 열심히 하고 싶은 사람만 하면 된다——뭐, 그런 말도 했던 거 같고.

고등학교 와서 성격이 좀 둥글어졌을 수도 있지만, 아카리의 말대로 벽이 생겼을 가능성이 매우 높다.

"그래서 말이야, 다음으로 생각한 게 육상부 매니저였어! 매니저라면 달리기 실력은 상관없잖아!"

"아, 근데 우리 육상부는 매니저 안 뽑잖아."

"바로 그거야!"

언뜻 들은 소문에 의하면, 예전에 육상부가 워낙 의욕이 없다 보니 내신 점수를 채우려는 매니저 지원자들이 몰려들었고, 그로 인해 육상부는 매니저를 안 뽑는 게 관례가 되었다고 한다.

진짜인지는 확실하지 않지만 연습하는 모습을 몇 번 슬쩍 보니 확실히 매니저가 할 일은 거의 없어 보였다.

"근데 만약 매니저를 모집했더라도 오빠랑 세트로 보이는 게 싫어서 지원 안 했을 거야."

"아, 맞다. 오빠도 육상부였지."

"안 어울리지? 뭐, 입학하자마자 알게 된 선배 따라서 들어간 거라 그렇게 열심히 하지는 않았던 모양이야."

"흠, 적극성은 아카리보다 낫네."

"오, 오빠랑 겨루겠다는 게 아니거든!"

아카리 말대로 결국 결투장 위에도 못 올라갔으니 아카리의 완패였다.

하지만 아무리 생각해도 역시나 아카리는 신기한 애였다.

육상부에 들어가지 않으면 들어가지 않은 대로 연습을 보러 간다거나 할 수도 있었었지만 그러지 않았다.

모토무 군이 눈에 띄는 행동을 하는 사람도 아니었으니, 적극적으로 만나러 가지 않으면 애당초 학년이 다른 두 사람 사이에 접점이 생길 수 없다.

그렇다면 정말로 고등학교 시절 아카리와 모토무 군의 에피소드라고는 도시락을 가져다 줄 때 얼굴을 본 게 다였다는 거다.

그런 주제에 갑자기 혼자 사는 남자의 집에 빚 담보를 핑계로 무작정 찾아가다니…….

'행동력이 대단한 건지, 아닌 건지 전혀 모르겠다.'

생각해 보면 오빠 도시락을 일부러 숨긴 뒤 놓고 갔다면서 가져다 준 것도 범상치 않은 행동이다. 본인 기준에서는 괜찮은 모양이지만.

'아니, 그렇게 마주칠 일이 없던 사람이 갑자기 들이닥쳤으니…… 모토무 군은 대체 어떤 반응을 보였을까. 궁금하다.'

실질적으로 보면 친구의 여동생이라 하지만 거의 남.

그런 상대가 느닷없이 찾아와 눌러앉았으니…… 엄청 재밌는 반응을 보였을 게 분명했다.

"릿 짱? 왜 갑자기 히죽히죽 웃는 거야?"

"아니, 아무것도 아냐."

아차차, 얼굴에 다 드러난 모양이다.

뭐, 어쨌든 이상하게 발휘된 아카리의 적극성 덕분에 올여름, 두 사람은 이어질 수 있었다.

아카리가 의외로 괴짜였든, 모토무 군이 둔탱이 중에 둔탱이든 그 사실만은 변하지 않는다.

"앗, 슬슬 휴식 끝!"

"그래. 열심히 해."

"고마워 릿 짱!"

다시 몸을 숙이고 공부에 몰두하는 아카리를 지켜본 뒤 나도 책으로 눈을 돌렸다.

'아, 책갈피 안 끼워 뒀다.'

아카리랑 너무 열심히 얘기하느라 멍청한 실수를 하고 말았다.

이러면 어디까지 읽었는지…… 모르는 건 아니지만 읽던 부분을 찾다가 괜히 뒤쪽 내용을 미리 보거나 하면――

'뭐, 상관없나.'

애초에 진지하게 읽던 것도 아니니 적당히 비슷한 부분부터 다시 읽자.

아카리는 이렇게 대충대충 살지는 못하겠지?

늘 꼼꼼하고 성실하니…… 아냐, 그래도 모토무 군이 얽히면 꼭 그렇지만은 않을지도?

이미 잘 알고 있다고 생각한 친구의 몰랐던 모습.

왠지 아직 넘기지 않은 책 속 페이지와 닮아 있다.

지금까지 본 내용으로 예상 가능한 전개가 나올지, 아니면 예상치도 못한 반전이 튀어나올지…… 상상하는 것만으로도 즐겁다.

'나는 원래 리뷰 같은 건 보지 않고 내 두 눈으로 읽어야 직성이 풀리는 성격이지.'

아카리는 사람과 관계 맺기를 좋아하지 않는 나에게 생긴 정말 소중한 친구.

그리고 그런 아카리가 이성을 잃을 정도로 좋아하는 남자는 우연히도 중학교 때 가장 친하게 지낸, '오빠가 있다면 이런 느낌일까' 하고 생각하게 한 사람.

이런 엄청난 커플은 쉽게 나타나지 않는다.

국민 아이돌 누구 씨랑 호감도 1위인 여배우가 사귄다는 얘기보다 몇 배는 더 흥미롭다.

게다가 4월부터는 그런 두 사람을 가까이서 관찰할 수 있다.

분명 즐겁고, 유쾌하고, 속이 느글거릴 만큼 달달한 이야기를 보여 주겠지?

"릿 짱, 아까부터 뭐가 그렇게 재밌어?"

"집중 안 하네, 아카리?"

"아, 아냐! 해, 집중한다고!"

아, 4월은 대체 언제 오나.

그리 멀지 않은 대학 생활을 그리면서, 나는 지금 그 미래를 위해 열심히 노력하는 절친의 모습을 지켜봤다.

후 기

『친구에게 500엔을 빌려줬더니 빌린 돈의 담보로서 여동생을 보내왔는데, 난 대체 어떡하면 좋을까 4권』을 구입해 주셔서 진심으로 감사합니다.

작가 토시조입니다.

드디어 이 시리즈도 4권을 맞이하게 되었습니다.

세 권에 걸쳐 길고도 뜨거웠던 여름은 막을 내렸고, 이야기 역시 큰 전환점을 맞이했습니다.

이번 권에서 그려지는 건 가을이긴 한데…… 이걸 가을이라 해도 될까요? 아직 잔혹할 만큼 무더위가 계속되는, 열기가 다 빠지지 않은 9월입니다.

보통 '여름방학'이라고 하면 8월을 떠올리기 마련이지만, 2023년 시점…… 아니, 사실은 그보다 조금 거슬러 올라가(기업 비밀입니다), 적어도 제가 대학생이었던 시절엔 여름방학이 8월부터 9월까지 무려 두 달이었답니다. 솔직히 대학교에 들어와서 가장 놀랐던 것 중 하나였어요. 그야말로 '경천동지'라는 표현이 어울렸다고나 할까요?

고등학생들은 이미 2학기가 시작됐지만, 대학생들은 여전히 한가롭게 바캉스 기분을 만끽하는 그 마의 달이 바로 9월(September)이었던 겁니다.

대학생과 고등학생, 나이 차이 나는 두 사람이 펼치는 순애 러브 코미디. 두근두근, 달콤하면서도, 새콤하고 씁쓸하기까지 한, 500엔에서부터 시작된 동거 러브코미디(하트).

이 시리즈가 그런 성격을 표방하는 한 이 작품에서 9월을 그냥 넘긴다는 건 정말 말도 안 되는 일이죠.

사실 이 시리즈를 기획할 당시, 3권의 결말에서 다뤄진 관계성까지는 어느 정도 정리해 두고 있었지만, 그 이후에 대해서는 완전히 백지 상태였습니다.

제가 생각하기에 러브코미디는 크게 두 가지로 나눌 수 있습니다. 바로「사귀기 전까지의 이야기」와「사귄 이후의 이야기」로.

전자의 목표는 말할 필요도 없이 분명하지만, 후자의 목표는 어디가 될까요……? 부디 독자 여러분께서도 즐겁게 지켜봐 주셨으면 합니다.

그리고 마지막으로 홍보!

현재『친구에게 500엔을 빌려줬더니 빌린 돈의 담보로서 여동생을 보내왔는데, 난 대체 어떡하면 좋을까』는 만화화되어 전격 코믹 레굴루스에 연재 중입니다! 카네코 코가네 선생님께서 담당해 주고 계세요! 만화책은 현재 2권까지 발매 중!

라이트노벨을 이미 읽으신 분들도 충분히 즐길 수 있는 귀여움 가득한 만화니 아직 보지 못하신 분들은 꼭 봐 주셨으면 좋겠습니다.

또, 다른 작품 이야기이긴 하지만 KADOKAWA 판타지아 문고에서 2023년 4월에 『사망해서 퇴장할 예정이었던 설정상 최강 캐릭터로 전생한 나는, 모든 사망 플래그를 꺾어 버리기로 했다』라는 작품이 나올 예정입니다.

손에 땀을 쥐게 하는 배틀 판타지이며, 여전히 '귀여운 히로인밖에 못 쓰는 병'에 걸려 있는 덕분에 이번에도 히로인이 귀엽습니다. 이쪽도 봐 주신다면 더없이 기쁘겠습니다.

자세한 소식은 제 X(구 트위터)를 봐 주세요.

쓰고 싶던 얘기도 다 썼으니, 이만 후기를 마치겠습니다.

다시 한번, 여기까지 읽어 주셔서 정말 감사합니다!

또 여러분과 만날 수 있기를 간절히 바라겠습니다!!

코스프레를 서로 바꿔보았다.
섹시 꼬마 마녀와 하얀 고양이 소녀.
여자아이를 많이
그릴 수 있어서
즐거워요!

친구에게 500엔을 빌려줬더니 빌린 돈의 담보로서 여동생을 보내왔는데, 난 대체 어떡하면 좋을까 4

초판 1쇄 인쇄 2025년 10월 10일
초판 1쇄 발행 2025년 10월 15일

저자 : 토시조
번역 : 김희윤

펴낸이 : 이동섭
편집 : 이민규
디자인 : 조세연
영업 · 마케팅 : 조정훈, 곽혜연
기획편집 : 송정환, 박소진
e-BOOK : 홍인표, 김은혜, 정희철, 김미연, 황진영
라이츠 : 서찬웅
관리 : 이윤미

㈜에이케이커뮤니케이션즈
등록 1996년 7월 9일(제302-1996-00026호)
주소 : 08513 서울특별시 금천구 디지털로 178, B동 1805호
TEL : 02-702-7963~5 FAX : 0303-3440-2024
http://www.amusementkorea.co.kr

ISBN 979-11-274-9491-9 04830
ISBN 979-11-274-8728-7 04830 (세트)